水滸傳

册三

施耐庵 著

北京聯合出版公司

第二十七回　母夜叉孟州道賣人肉　武都頭十字坡遇張青

前篇寫武松殺嫂，可謂天崩地塌，鳥駭獸竄之事矣。入此回真是强弩之末，勢不可穿魯縞之時，斯固百江郎莫不閣筆坐愁，摩腹吟嘆者也。乃作者忽復自思，文章之法不止一端，右之左之，無不咸有，我獨奈何菁華既竭，搴裳便去，自同鼯鼠，爲藝林笑哉？于是便隨手將十字坡遇張青一案，翻騰踢倒，先請出孫二娘來。寫孫二娘便加出無數『笑』字，寫武松便幻出無數風話，于是讀者但覺峰回谷轉，又來到一處勝地。而殊不知作者正故意要將頂天立地、戴髮噙齒之武二，忽變作迎奸賣俏、不識人倫之猪狗。上文何等雷轟電激，此處何等展眼招眉。上文武二活是景陽岡上大蟲，此處武二活是暮雪房中嫂嫂。到得後幅，便一發盡興寫出當胸摟住，壓在身上八個字來，正是前後穿射，斜飛反撲，不圖無心又得此一番奇筆也。

相見後，武松叫無數嫂嫂，二娘叫無數伯伯，前後二篇殺一嫂嫂，遇一嫂嫂，先做叔叔，後做伯伯，亦悉是他用斜飛反撲，穿射入妙之筆。

張青述魯達被毒，下忽然又撰出一個頭陀來，此文章家虛實相間之法也。然却不可便謂魯達一段是實，頭陀一段是虛。何則？蓋爲魯達雖實有其人，然傳中却不見其事，頭陀雖實無其人，然戒刀又實有其物也。須知文到入妙處，純是虛中有實，實中有虛，聯綰激射，正復不定，斷非一語所得盡贊耳。

此書每到人才極盛處，便忽然失落一人，以明網羅之外，另有异樣奇人，未可以耳目所及，遂盡天下之士也。即如開書將説一百八人，爲頭已先失落一王進。張青光明寺出身，便加意爲魯達、武松作合，而中間已失落一頭陀。宋江三打祝家之際，聚會無數新來豪杰，而末後已失落一欒廷玉。嗟乎，名垂簡册，亦復有幸有不幸乎！彼成大名、顯當世者，胡可遂謂蚌外無珠也！

話説當下武松對四家鄰舍道：『小人因與哥哥報仇雪恨，犯罪正當其理，雖死而不怨。却才甚是驚嚇了高鄰。小人此一去，存亡未保，死活不知。我哥哥靈床子就今燒化了。家中但有些一應對象，望煩四位高鄰與小人變賣些錢來，作隨衙用度之資，聽候使用。今去縣裏首告，休要管小人罪重，衹替小人從實證一證。』隨即取靈牌和紙錢燒化了。樓上有兩個箱籠，取下來，打開看了，付與四鄰收貯變賣。却押那婆子，提了兩顆人頭，徑投縣裏來。

此時哄動了一個陽谷縣，街上看的人不計其數。知縣聽得人來報了，先自駭然，隨即升廳。武松押那王婆在廳前跪下，行凶刀子和兩顆人頭放在階下。武松跪在左邊，婆子跪在中間，四家鄰舍跪在右邊。武松懷中取出胡正卿寫的口詞，從頭至尾告説一遍。知縣叫那令史先問了王婆口詞，一般供説。四家鄰舍，指證明白。又唤過何九叔、鄆哥，都取了明白供狀。唤當該仵作行人，委吏一員，把這一干人押到紫石街檢驗了婦人身尸，獅子橋下酒樓前檢驗了西門慶身尸，明白填寫尸單格目，回到縣裏，呈堂立案。知縣叫取長枷，且把武松同這婆子枷了，收在監内。一干平人，寄監在門房裏。

且説縣官念武松是個義氣烈漢，又想他上京去了這一遭，一心要周全他，又尋思他的好處。便唤該吏商議道：『念武松那廝是個有義的漢子，把這人們招狀從新做過，改作：「武松因祭獻亡兄武大，有嫂不容祭祀，因而相争。婦人將靈床推倒。救護亡兄神主，與嫂鬥毆，一時殺死。次後西門慶因與本婦通奸，前來强護，因而鬥毆。互相不伏，扭打至獅子橋邊，以致鬥殺身死。」』寫了招解送文書，把一干人審問相同，讀款狀與武松聽了。寫一道申解公文，將這一干人犯解本管東平府，申請發落。這陽谷縣雖然是個小縣分，倒有仗義的人。有那上户之家都資助武松銀兩，也有送酒食錢米與武松的。武松到下處，將行李寄頓土兵收了，將了十二三兩銀子，與了鄆哥的老爹。武松管下的土兵，大半相送酒肉不迭。當下縣吏領了公文，抱着文卷并何九叔的銀子、骨殖、招詞、刀仗，帶了一干人犯上路，望東平府來。

衆人到得府前，看的人哄動了衙門口。且説府尹陳文昭，聽得報來，隨即升廳。那官人但見：

平生正直，稟性賢明。幼年向雪案攻書，長成向金鑾對策。常懷忠孝之心，每行仁慈之念。户口增，錢糧辦，黎民稱德満街衢；詞訟減，盗賊休，父老贊歌喧市井。攀轅截鐙，名標青史播千年；勒石鐫碑，聲振黄堂傳萬古。慷慨文章欺李杜，賢良方正勝龔黄。

且說東平府府尹陳文昭，已知這件事了。便叫押過這一干人犯，就當廳先把陽谷縣申文看了，又把各人供狀招款看過，將這一干人一一審録一遍。把贜物并行凶刀仗封了，發與庫子，收領上庫。將武松的長枷換了一面輕罪枷枷了，下在牢裏。把這婆子換一面重囚枷釘了，禁在提事都監死囚牢裏收了。唤過縣吏，領了回文，發落何九叔、鄆哥、四家鄰舍：『這六人且帶回縣去，寧家聽候；本主西門慶妻子，留在本府羈管聽候。等朝廷明降，方始結斷。』那何九叔、鄆哥、四家鄰舍，縣吏領了，自回本縣去了。武松下在牢裏，自有幾個土兵送飯。

且說陳府尹哀憐武松是個有義的烈漢，如常差人看覷他，因此節級牢子都不要他一文錢，倒把酒食與他吃。陳府尹把這招稿卷宗都改得輕了，申去省院詳審議罪。却使個心腹人，賫了一封緊要密書，星夜投京師來替他幹辦。那刑部官多有和陳文昭好的，把這件事直稟過了省院官，議下罪犯：『據王婆生情造意，哄誘通奸，立主謀故武大性命，唆使本婦下藥毒死親夫。又令本婦趕逐武松，不容祭祀親兄，以致殺傷人命，唆令男女故失人倫，擬合凌遲處死。據武松雖系報兄之仇，鬥殺西門慶奸夫人命，亦則自首，難以釋免。脊杖四十，刺配二千里外。奸夫淫婦雖該重罪，已死勿論。其餘一干人犯釋放寧家。文書到日，即便施行。』

東平府尹陳文昭看了來文，隨即行移，拘到何九叔、鄆哥并四家鄰舍和西門慶妻小，一干人等都到廳前聽斷。牢中取出武松，讀了朝廷明降，開了長枷，脊杖四十。上下公人都看覷他，止有五七下着肉。取一面七斤半鐵葉團頭護身枷釘了，臉上免不得刺了兩行金印，迭配孟州牢城。其餘一干衆人，省諭發落，各放寧家。大牢裏取出王婆，當廳聽命。讀了朝廷明降，寫了犯由牌，畫了伏狀，便把這婆子推上木驢，四道長釘，三條綁索，東平府尹判了一個剮字，擁出長街。兩聲破鼓響，一棒碎鑼鳴，犯由前引，混棍後催，兩把尖刀舉，一朵紙花搖，帶去東平府市心裏，吃了一剮。

話裏衹說武松帶上行枷，看剮了王婆。有那原舊的上鄰姚二郎，將變賣家私什物的銀兩交付與武松收受，作别自回去了。當廳押了文帖，着兩個防送公人領了，解赴孟州交割。府尹發落已了。衹說武松自與兩個防送公人上路。有那原跟的土兵付與了行李，亦回本縣去了。武松自和兩個公人離了東平府，迤邐取路投孟州來。那兩個公人知道武松是個好漢，一路衹是小心去伏侍他，不敢輕慢他些個。武松見他兩個小心，也不和他計較，包裹内有的是金銀，但過村坊鋪店，便買酒買肉，和他兩個公人吃。

話休絮煩。武松自從三月初頭殺了人，坐了兩個月監房，如今來到孟州路上，正是六月前後，炎炎火日當天，爍石流金之際，衹得趕早凉而行。約莫也行了二十餘日，來到一條大路，三個人已到嶺上，却是巳牌時分。武松道：『兩個公人，你們且休坐了，趕下嶺去，尋買些酒肉吃。』兩個公人道：『也説得是。』三個人奔過嶺來，衹一望時，見遠遠地土坡下約有十數間草屋，傍着溪邊，柳樹上挑出個酒簾兒。武松見了，把手指道：『兀那裏不有個酒店！離這嶺下衹有三五里路，那大樹邊厢便是酒店。』兩個公人道：『我們今早吃飯時五更，走了這許多路。如今端的有些肚飢。真個快走，快走！』三個人奔下嶺來，山岡邊見個樵夫，挑一擔柴過來。武松叫道：『漢子，借問你，此去孟州還有多少路？』樵夫道：『衹有一里便是。』武松道：『這裏地名叫做什麼去處？』樵夫道：『這嶺是孟州道。嶺前面大樹林邊，便是有名的十字坡。』

武松問了，自和兩個公人一直奔到十字坡邊看時，爲頭一株大樹，四五個人抱不交，上面都是枯藤纏着。看看抹過大樹邊，早望見一個酒店，門前窗檻邊坐着一個婦人，露出緑紗衫兒來，頭上黄烘烘的插着一頭釵環，鬢邊插着些野花。見武松同兩個公人來到門前，那婦人便走起身來迎接。下面系一條鮮紅生絹裙，搽一臉胭脂鉛粉，敞開胸脯，露出桃紅紗主腰，上面一色金鈕。見那婦人如何？

眉横殺氣，眼露凶光。轆軸般蠢坌腰肢，棒槌似桑皮手脚。厚鋪着一層膩粉，遮掩頑皮；濃搽就兩暈胭脂，直侵亂髮。紅裙内斑斕裹肚，黄髮邊皎潔金釵。釧鐲牢籠魔女臂，紅衫照映夜叉精。

當時那婦人倚門迎接，説道：『客官，歇脚了去。本家有好酒好肉。要點心時，好大饅頭。』兩個公人和武松入來，那婦人慌忙便道萬福。三個人入到裏面，一副柏木桌凳座頭上，兩個公人倚了棍棒，解下那纏袋，上下肩坐了。武松先把脊背上包裹解下來，放在桌子上。解了腰間搭膊，脱下布衫。兩個公人道：『這裏又没人看見，我們擔些利害，且與你除了這枷，快活吃兩碗酒。』便與武松揭了封皮，除下枷來放在桌子底下。都脱了上半截衣裳，搭在一邊窗檻上。衹見那婦人笑容可掬道：『客官，打多少酒？』武松道：『不要問多少，衹顧盪來。肉便切三五斤來，一發算錢還你。』那婦人道：『也有好大饅頭。』武松道：『也把二三十個來做點心。』

那婦人嘻嘻地笑着，入裏面托出一大桶酒來，放下三隻大碗，三雙箸，切出兩盤肉來。一連篩了四五巡酒，去竈上取一籠饅頭來放在桌子上。兩個公人拿起來便吃。武松取一個拍開看了，叫道：『酒家，這饅頭是人肉的？是狗肉的？』那婦人嘻嘻笑道：『客官休要取笑。清平世界，蕩蕩乾坤，那裏有人肉的饅頭，狗肉的滋味？自來我家饅頭，積祖是黄牛的。』武松道：『我從來走江湖上，多聽得人説道：「大樹十字坡，客人誰敢那裏過？肥的切做饅頭餡，瘦的却把去填河。」』那婦人道：『客官那得這話！這是你自揑出來的。』武松道：『我見這饅頭餡内有幾根毛，一像人小便處的毛一般，以此疑忌。』武松又問道：『娘子，你家丈夫却怎地不見？』那婦人道：『我的丈夫出外做客未回。』武松道：『恁地時，你獨自一個須冷落。』那婦人笑着尋思道：『這賊配軍却不是作死，倒來戲弄老娘！正是燈蛾撲火，惹焰燒身。不是我來尋你。我且先對付那廝！』這婦人便道：『客官，休要取笑。再吃幾碗了，去後面樹下乘凉。要歇，便在我家安歇不妨。』

武松聽了這話，自家肚裏尋思道：『這婦人不懷好意了，你看我且先耍他！』武松又道：『大娘子，你家這酒好生淡薄，别有甚好的，請我們吃幾碗。』那婦人道：『有些十分香美的好酒，衹是渾些。』武松道：『最好，越渾越好吃。』那婦人心裏暗喜，便去裏面托出一旋渾色酒來。武松看了道：『這個正是好生酒，衹宜熱吃最好。』那婦人道：『還是這位客官省得。我盪來你嚐看。』婦人自忖道：『這個賊配軍正是該死。倒要熱吃，這藥却是發作得快。那廝當是我手裏行貨！』盪得熱了，把將過來篩做三碗，便道：『客官，試嚐這酒。』兩個公人那裏忍得飢渴，衹顧拿起來吃了。武松便道：『大娘子，我從來吃不得寡酒，你再切些肉來與我過口。』張得那婦人轉身入去，却把這酒潑在僻暗處，口中虚把舌頭來咂道：『好酒！還是這酒衝得人動！』

那婦人那曾去切肉，衹虚轉一遭，便出來拍手叫道：『倒也，倒也！』那兩個公人衹見天旋地轉，禁了口，望後撲地便倒。武松也把眼來虚閉緊了，撲地仰倒在凳邊。那婦人笑道：『着了！由你奸似鬼，吃了老娘的洗脚水。』便叫：『小二，小三，快出來！』衹見裏面跳出兩個蠢漢來，先把兩個公人扛了進去。這婦人後來，桌上提了武松的包裹并公人的纏袋，捏一捏看，約莫裏面是些金銀。那婦人歡喜道：『今日得這三頭行貨，倒有好兩日饅頭賣。又得這若干東西。』把包裹纏袋提了入去，却出來看。這兩個漢子扛抬武松，那裏扛得動，直挺挺在地下，却似有千百斤重的。那婦人看了，見這兩個蠢漢拖扯不動，喝在一邊，説道：『你這鳥男女，衹會吃飯吃酒，全没些用，直要老娘親自動手！這個鳥大漢却也會戲弄老娘。這等肥胖，好做黄牛肉賣。那兩個瘦蠻子，衹好做水牛肉賣。扛進去先開剥這廝。』那婦人一頭説，一面先脱去了緑紗衫兒，解下了紅絹裙子，赤膊着便來把武松輕輕提將起來。武松就勢抱住那婦人，把兩隻手一拘，拘將攏來，當胸前摟住。却把兩隻腿望那婦人下半截衹一挾，壓在婦人身上。那婦人殺猪也似叫將起來。那兩個漢子急待向前，被武松大喝一聲，驚得呆了。那婦人被按壓在地上，衹叫道：『好漢饒我！』那裏敢挣扎。

衹見門前一人挑一擔柴，歇在門首，望見武松按倒那婦人在地上，那人大踏步跑將進來叫道：「好漢息怒！且饒恕了，小人自有話説。」武松跳將起來，把左脚踏住婦人，提着雙拳，看那人時，頭帶青紗凹面巾，身穿白布衫，下面腿絣護膝，八搭麻鞋，腰系着纏袋，生得三拳骨叉臉兒，微有幾根髭髯，年近三十五六。看着武松，叉手不離方寸，説道：「願聞好漢大名。」武松道：「我行不更名，坐不改姓，都頭武松的便是。」那人道：「莫不是景陽岡打虎的武都頭？」武松回道：「然也。」那人納頭便拜道：「聞名久矣，今日幸得拜識。」武松道：「你莫非是這婦人的丈夫？」那人道：「是。小人的渾家有眼不識泰山，不知怎地觸犯了都頭？可看小人薄面，望乞恕罪。」正是：

自古嗔拳輸笑面，從來禮數服奸邪。衹因義勇真男子，降伏凶頑母夜叉。

武松見他如此小心，慌忙放起婦人來，便問：「我看你夫妻兩個也不是等閑的人，願求姓名。」那人便叫婦人穿了衣裳，快近前來拜了都頭。武松道：「却才衝撞阿嫂，休怪。」那婦人便道：「有眼不識好人，一時不是，望伯伯恕罪。且請去裏面坐地。」武松又問道：「你夫妻二位高姓大名？如何知我姓名？」那人道：「小人姓張名青，原是此間光明寺種菜園子。爲因一時間爭些小事，性起把這光明寺僧行殺了，放把火燒做白地。後來也没對頭，官司也不來問，小人衹在此大樹坡下剪徑。忽一日，有個老兒挑擔子過來。小人欺負他老，搶出去和他厮并。鬥了二十餘合，被那老兒一匾擔打翻。原來那老兒年紀小時專一剪徑，因見小人手脚活便，帶小人歸去到城裏，教了許多本事，又把這個女兒招贅小人做了女婿。城裏怎地住得？衹得依舊來此間蓋些草屋，賣酒爲生。實是衹等客商過往，有那入眼的，便把些蒙汗藥與他吃了，便死。將大塊好肉，切做黄牛肉賣。零碎小肉，做餡子包饅頭。小人每日也挑些去村裏賣。如此度日。小人因好結識江湖上好漢，人都叫小人做菜園子張青。俺這渾家姓孫，全學得他父親本事，人都唤他做母夜叉孫二娘。他父親殁了三四年，江湖上前輩緑林中有名，他的父親唤做山夜叉

孫元。小人却才回來，聽得渾家叫唤，誰想得遇都頭！小人多曾分付渾家道：「三等人不可壞他：第一是雲游僧道，他又不曾受用過分了，又是出家的人。」則恁地，也爭些兒壞了一個驚天動地的人。原是延安府老種經略相公帳前提轄，姓魯名達，爲因三拳打死了一個鎮關西，逃走上五臺山落髮爲僧。因他脊梁上有花綉，江湖上都呼他做花和尚魯智深。使一條渾鐵禪杖，重六十來斤。也從這裏經過。渾家見他生得肥胖，酒裏下了些蒙汗藥，扛入在作坊裏，正要動手開剥。小人恰好歸來，見他那條禪杖非俗，却慌忙把解藥救起來，結拜爲兄。打聽得他近日占了二龍山寶珠寺，和一個什麽青面獸楊志霸在那方落草。小人幾番收得他相招的書信，衹是不能夠去。」

武松道：「這兩個，我也在江湖上多聞他名。」張青道：「衹可惜了一個頭陀，長七八尺，一條大漢，也把來麻壞了，小人歸得遲了些個，已把他卸下四足。如今衹留得一個箍頭的鐵戒尺，一領皂直裰，一張度牒在此。别的都不打緊，有兩件物最難得：一件是一百單八顆人頂骨做成的數珠，一件是兩把雪花鑌鐵打成的戒刀。想這頭陀也自殺人不少，直到如今，那刀要便半夜裏嘯響。小人衹恨道不曾救得這個人，心裏常常憶念他。又分付渾家道：「第二等是江湖上行院妓女之人，他們是衝州撞府，逢場作戲，陪了多少小心得來的錢物。若還結果了他，那厮們你我相傳，去戲臺上説得我等江湖上好漢不英雄。」又分付渾家道：「第三等是各處犯罪流配的人，中間多有好漢在裏頭，切不可壞他。」不想渾家不依小人的言語，今日又衝撞了都頭。幸喜小人歸得早些。却是如何了起這片心？」母夜叉孫二娘道：「本是不肯下手，一者見伯伯包裹沉重，二乃怪伯伯説起風話，因此一時起意。」武松道：「我是斬頭瀝血的人，何肯戲弄良人？我見阿嫂瞧得我包裹緊，先疑忌了，因此特地説些風話，漏你下手。那碗酒我已潑了，假做中毒。你果然來提我，一時拿住。甚是衝撞了嫂子，休怪！」

張青大笑起來，便請武松直到後面客席裏坐定。武松道：「兄長，若是恁地，你且放出那兩個公人則個。」張青便引武松到人肉作坊裏看時，見壁上綳着幾張人皮，梁上吊着五七條人腿。見那兩個公人，一顛一倒，挺着在

剥人凳上。武松道：「大哥，你且救起他兩個來。」張青道：「請問都頭，今得何罪？配到何處去？」武松把殺西門慶并嫂的緣由，一一説了一遍。張青夫妻兩個，稱贊不已。便對武松説道：「小人有句話説，未知都頭如何？」武松道：「大哥，但説不妨。」張青不慌不忙，對武松説出那幾句話來，有分教：武松大鬧了孟州城，哄動了安平寨。直教打翻拽象拖牛漢，攧倒擒龍捉虎人。

畢竟張青對武松説出甚言語來，且聽下回分解。

第二十八回　武松威震安平寨　施恩義奪快活林

上文寫武松殺人如營，真是血濺墨缸，腥風透筆矣。入此回，忽然就兩個公人上，三翻四落寫出一片菩薩心胸，一若天下之大仁大慈，又未有仁慈過于武松也者，于是上文尸腥血迹洗刷净盡矣。蓋作者正當寫武二時，胸中真是出格擬就一位天人，憑空落筆，喜則風霏露灑，怒則鞭雷叱霆，無可無不可，不期然而然。固久非宋江之逢人便哭，阮七、李逵之搭刀便摵者所得同日而語也。

讀此回，至武松忽然感激張青夫妻兩個之語，嗟呼，豈不痛哉！夫天下之夫妻兩個，則盡夫妻兩個也，如之何而至于松之兄嫂，其夫妻兩個猩遽至于如此之極也！天乎，人乎？念松父松母之可以生松，而不能免于生松之兄，是誠天也，非人也。然而兄之可以不娶潘氏，與松之可以不捨兄而遠行，是皆人之所得爲也，非天也。乃松之兄可以不娶潘氏，而財主又必白白與之，松之志可以不捨兄而遠行，而知縣又必重重托之，然則天也，非人，誠斷斷然矣。嗟呼！今而後松已不信天下之大，四海之内，尚有夫良妻潔，雙雙兩個之奇事，而今初出門庭，初接人物，便已有張青一對如此可愛。松即金鐵爲中，其又能不向壁彈泪乎耶？作者忽于叙事縷縷中，奮筆大書云：「武松忽然感激張青夫妻兩個。」嗟呼！真妙筆矣。「忽然」字，俗本改作「因此」字，又于「兩個」下，增「厚意」字，全是學究注意盤飧之語，可爲唾抹，今并依古本訂定。

連叙管營逐日管待。如云一個軍人托着一個盒子，看時，是一大鏇酒，一盤肉，一盤子面，又是一大碗汁。晚來，頭先那個人又頂一個盒子來，是幾般菜蔬，一大鏇酒，一大盤煎肉，一碗魚羹，一大碗飯，不多時，那個人又和一個人來，一個提隻浴桶，一個提一桶湯，送過浴裙手巾，便把藤簟鋪了，紗帳挂起，放個凉枕，叫聲安置。明日，那個人又提桶面湯，取漱口水，又帶個待詔篦頭，綰髻子，裹巾幘。又一個人將個盒子，取出菜蔬下飯，一大碗肉湯，一大碗飯。吃罷，又是一盞茶。搬房後，那個人又將一個提盒，看時，却是四般果子，一隻熟鷄，又有許多蒸卷兒，一注子酒。晚間，洗浴乘凉。如此等事，無不細細開列，色色描畫。嘗言太史公酒帳肉簿，爲絶世奇文，斷惟此篇足以當之。若韓昌黎《畫記》一篇，直是印板文字，不足道也。

將寫武松威震安平，却于預先一日，先去天王堂前閑走，便先安放得個青石墩在化紙爐邊，奇矣。又奇者，到明日正寫武松演試神力之時，却偏不一直寫，偏先寫得一半，如云輕輕抱一抱起，隨手一撇，打入地下一尺來深，如是便止。却自留下後半再作一番寫來，如云一提，一擲，一接，輕輕仍放舊處，直至如此，方是武松全副神力盡情托出之時。却又還有一半在後，如云面上不紅，心頭不跳，口裏不喘是也。讀第一段并不謂其又有第二段，讀第二段更不謂其還有第三段，文勢離奇屈曲，非目之所嘗睹也。

話説當下張青對武松説道：『不是小人心歹，比及都頭去牢城營裏受苦，不若就這裏把兩個公人做翻，且祇在小人家裏過幾時。若是都頭肯去落草時，小人親自送至二龍山寶珠寺，與魯智深相聚入伙，如何？』武松道：『最是兄長好心顧盼小弟。祇是一件却使不得：武松平生祇要打天下硬漢，這兩個公人于我分上祇是小心，一路上伏侍我來，我跟前又不曾道個不字。我若害了他，天理也不容我。你若敬愛我時，便與我救起他兩個來，不可害了他性命。』張青道：『都頭既然如此仗義，小人便救醒了。』

當下張青叫火家便從剥人凳上攙起兩個公人來，孫二娘便去調一碗解藥來，張青扯住耳朵灌將下去。没半個時辰，兩個公人如夢中睡覺的一般，爬將起來，看了武松，説道：『我們却如何醉在這裏？這家什麽好酒？我們又吃不多，便恁地醉了。記着他家，回來再問他買吃。』武松笑將起來，張青、孫二娘也笑，兩個公人正不知怎地。那兩個火家自去宰殺鷄鵝，煮得熟了，整頓杯盤端正。張青教擺在後面葡萄架下，放了桌凳坐頭，張青便邀武松并兩個公人到後園内。

武松便讓兩個公人上面坐了，張青、武松在下面朝上坐了，孫二娘坐在横頭。兩個漢子輪番斟酒，來往搬擺盤饌。

張青勸武松飲酒至晚，取出那兩口戒刀來，叫武松看了，果是鑌鐵打的，非一日之功。兩個又説些江湖上好漢的勾當，却是殺人放火的事。武松又説：『山東及時雨宋公明，仗義疏財，如此豪杰，如今也爲事逃在柴大官人莊上。』兩個公人聽得，驚得呆了，祇是下拜。武松道：『難得你兩個送我到這裏了，終不成有害你之心？我等江湖上好漢們説話，你休要吃驚，我們并不肯害爲善的人。我不是忘恩負義的。你祇顧吃酒，明日到孟州時，自有相謝。』當晚就張青家裏歇了。

次日，武松要行，張青那裏肯放，一連留住，管待了三日。武松因此感激張青夫妻兩個厚意，論年齒，張青却長武松五年，因此武松結拜張青爲兄。武松再辭了要行，張青又置酒送路，取出行李、包裹、纏袋來交還了，又送十來兩銀子與武松，把二三兩零碎銀子賫發兩個公人。武松就把這十兩銀子一發送了兩個公人，再帶上行枷，依舊貼了封皮。張青和孫二娘送出門前。武松作别了，自和公人投孟州來。

未及晌午，早來到城裏，直至州衙，當廳投下了東平府文牒。州尹看了，收了武松，自押了回文與兩個公人回去，不在話下。隨即却把武松帖發本處牢城營來。當日，武松來到牢城營前，看見一座牌額，上書三個大字，寫着道『安平寨』。公人帶武松到單身房裏，公人自去下文書，討了收管。不必得説。

武松自到單身房裏，早有十數個一般的囚徒來看武松，説道：『好漢，你新到這裏，包裹裏若有人情的書信并使用的銀兩，取在手頭，少刻差撥到來，便可送與他，若吃殺威棒時，也打得輕。若没人情送與他時，端的狼狽。我和你是一般犯罪的人，特地報你知道。豈不聞兔死狐悲，物傷其類。我們祇怕你初來不省得，通你得知。』武松道：『感謝你們衆位指教我。小人身邊略有些東西，若是他好問我討時，便送些與他；若是硬問我要時，一文也没。』衆囚徒道：『好漢，休説這話！古人道：不怕官，祇怕管。在人矮檐下，怎敢不低頭。祇是小心便好。』説猶未了，祇見一個道：『差撥官人來了！』衆人都自散了。

武松解了包裹，坐在單身房裏。衹見那個人走將入來，問道：『那個是新到囚徒武松？』武松道：『小人便是。』差撥道：『你也是安眉帶眼的人，直須要我開口說。你是景陽岡打虎的好漢，陽谷縣做都頭，衹道你曉事，如何這等不達時務？你敢來我這裏，猫兒也不吃你打了！』武松道：『你倒來發話，指望老爺送人情與你。半文也没！我精拳頭有一雙相送！金銀有些，留了自買酒吃！看你怎地奈何我！没地裏倒把我發回陽谷縣去不成？』那差撥大怒去了。又有衆囚徒走攏來說道：『好漢，你和他强了，少間苦也！他如今去和管營相公說了，必然害你性命！』武松道：『不怕。隨他怎麼奈何我，文來文對，武來武對。』

正在那裏說言未了，衹見三四個人來單身房裏叫喚新到囚人武松。武松應道：『老爺在這裏，又不走了，大呼小喝做什麼？』那來的人把武松一帶，帶到點視廳前。那管營相公止在廳上坐，五六個軍漢押武松在當面。管營喝叫除了行枷，說道：『你那囚徒，省得太祖武德皇帝舊制，但凡初到配軍，須打一百殺威棒。那兜拕的，背將起來！』武松道：『都不要你衆人鬧動。要打便打，也不要兜拕。我若是躲閃一棒的，不是好漢。從先打過的都不算，從新再打起！我若叫一聲，也不是好男子！』兩邊看的人都笑道：『這痴漢弄死！且看他如何熬？』武松又道：『要打便打毒些，不要人情棒兒，打我不快活！』兩下衆人都笑起來。

那軍漢拿起棍來，却待下手。衹見管營相公身邊立着一個人，六尺以上身材，二十四五年紀，白净面皮，三柳髭鬚，額頭上縛着白手帕，身上穿着一領青紗上蓋，把一條白絹搭膊絡着手。那人便去管營相公耳朵邊略說了幾句話。衹見管營道：『新到囚徒武松，你路上途中曾害甚病來？』武松道：『我于路不曾害！酒也吃得，肉也吃得，飯也吃得，路也走得。』管營道：『這廝是途中得病到這裏，我看他面皮才好，且寄下他這頓殺威棒。』兩邊行杖的軍漢低低對武松道：『你快說病。這是相公將就你，你快衹推曾害便了。』武松道：『不曾害，不曾害！打了倒乾净。我不要留這一頓寄庫棒，寄下倒是鈎腸債，幾時得了！』兩邊看的人都笑。管營也笑道：『想是這漢子多管害熱病了，不曾得汗，故出狂言。不要聽他，且把去禁在單身房裏。』

三四個軍人引武松依先送在單身房裏。衆囚徒都來問道：『你莫不有甚好相識書信與管營麼？』武松道：『并不曾有。』衆囚徒道：『若没時，寄下這頓棒，不是好意，晚間必然來結果你。』武松道：『他還是怎地來結果我？』衆囚徒道：『他到晚，把兩碗乾黄倉米飯，和些臭鯗魚來與你吃了，趁飽帶你去土牢裏去，把索子捆翻，着一床乾藁薦把你卷了，塞住了你七竅，顛倒竪在壁邊，不消半個更次，便結果了你性命。這個唤做盆吊。』武松道：『再有怎地安排我？』衆人道：『再有一樣，也是把你來捆了，却把一個布袋，盛一袋黄沙，將來壓在你身上，也不消一個更次便是死的。這個唤土布袋壓殺。』武松又問道：『還有什麼法度害我？』衆人道：『衹是這兩件怕人些，其餘的也不打緊。』

衆人說猶未了，衹見一個軍人，托着一個盒子入來，問道：『那個是新配來的武都頭？』武松答道：『我便是，有什麼話說？』那人答道：『管營叫送點心在這裏。』武松看時，一大旋酒，一盤肉，一盤子面，又是一大碗汁。武松尋思道：『敢是把這些點心與我吃了，却來對付我？我且落得吃了，却又理會。』武松把那旋酒來一飲而盡，把肉和面都吃盡了。那人收拾家火回去了。

武松坐在房裏尋思，自己冷笑道：『看他怎地來對付我？』看看天色晚來，衹見頭先那個人又頂一個盒子入來。武松問道：『你又來怎地？』那人道：『叫送晚飯在這裏。』擺下幾般菜蔬，又是一大旋酒，一大盤煎肉，一碗魚羹，一大碗飯。武松見了，暗暗自忖道：『吃了這頓飯食，必然來結果我。且由他！便死也做個飽鬼，落得吃了，却再計較。』那人等武松吃了，收拾碗碟回去了。

不多時，那個人又和一個漢子兩個來，一個提着浴桶，一個提一大桶湯來，看着武松道：『請都頭洗浴。』武松想道：『不要等我洗浴了來下手？我也不怕他，且落得洗一洗。』那兩個漢子安排傾下湯，武松跳在浴桶裏面洗了一回，隨即送過浴裙手巾，教武松拭了，穿了衣裳。一個自把殘湯傾了，提了浴桶去。一個便把藤簟紗帳將來挂起，鋪了藤簟，放個凉枕，叫了安置，也回去了。武松把門關上，拴了，自在裏面思想道：『這個是什麽意思？隨他便了，且看如何。』放倒頭便自睡了。一夜無事。

天明起來，才開得房門，祇見夜來那個人提着桶洗面湯進來，教武松洗了面。又取漱口水漱了口，又帶個篦頭待詔來替武松篦了頭，綰上髻子，裹了巾幘。又是一個人將個盒子入來，取出菜蔬下飯，一大碗肉湯，一大碗飯。武松道：『由你走道兒，我且落得吃了。』武松吃罷飯，便是一盞茶。却才茶罷，祇見送飯的那個人來請道：『這裏不好安歇，請都頭去那壁房裏安歇，搬茶搬飯却便當。』武松道：『這番來了！我且跟他去，看如何？』一個便來收拾行李被卧，一個引着武松離了單身房裏，來到前面一個去處，推開房門來，裏面乾乾净净的床帳，兩邊都是新安排的桌凳什物。武松來到房裏看了，存想道：『我祇道送我入土牢裏去，却如何來到這般去處？比單身房好生齊整！』

定擬將身入土牢，誰知此處更清標。施恩暗地行仁惠，遂使生平夙恨消。

武松坐到日中，那個人又將一個大盒子入來，手裏提着一注子酒。將到房中，打開看時，排下四般果子，一隻熟鷄，又有許多蒸卷兒。那人便把熟鷄來撕了，將注子裏好酒篩下，請都頭吃。武松心裏忖道：『由他對付我，我且落得吃了。』到晚，又是許多下飯，又請武松洗浴了，乘凉歇息。武松自思道：『衆囚徒也是這般說，我也這般想，却是怎地這般請我？』

到第三日，依前又是如此送飯送酒。武松那日早飯罷，行出寨裏來閑走，祇見一般的囚徒都在那裏，擔水的，劈柴的，做雜工的，却在晴日頭裏曬着。正是五六月炎天，那裏去躲這熱。武松却背叉着手，問道：『你們却如何在這日頭裏做工？』衆囚徒都笑起來，回説道：『好漢，你自不知，我們撥在這裏做生活時，便是人間天上了，如何敢指望嫌熱坐地！還别有那没人情的，將去鎖在大牢裏，求生不得生，求死不得死，大鐵鏈鎖着，也要過哩！』武松聽罷，去天王堂前後轉了一遭，見紙爐邊一個青石墩，是插那天王紙旗的，約有四五百斤。武松看在眼裏，暫回房裏來坐地了，自存想，祇見那個人又搬酒和肉來。

話休絮煩。武松自到那房裏，住了三日。每日好酒好食搬來請武松吃，并不見害他的意。武松心裏正委决不下。當日晌午，那人又搬將酒食來。武松忍耐不住，按定盒子，問那人道：『你是誰家伴當？怎地祇顧將酒食來請我？』那人答道：『小人前日已稟都頭説了，小人是管營相公家裏體己人。』武松道：『我且問你，每日送的酒食，正是誰教你將來？請我吃了怎地？』那人道：『是管營相公的家裏小管營教送與都頭吃。』武松道：『我是個囚徒，犯罪的人，又不曾有半點好處到管營相公處，他如何送東西與我吃？』那人道：『小人如何省得。小管營分付道，教小人且送半年三個月，却説話。』武松道：『却又作怪！終不成將息得我肥胖了，却來結果我？這個鳥悶葫蘆教我如何猜得破？這酒食不明，我如何吃得安穩？你祇説與我，你那小管營是什麽樣人？在那裏曾和我相會？我便吃他的酒食。』那個人道：『便是前日都頭初來時，廳上立的那個白手帕包頭，絡着右手那人，便是小管營。』武松道：『莫不是穿青紗上蓋，立在管營相公身邊的那個人？』那人道：『正是老管營相公兒子。』武松道：『我待吃殺威棒時，敢是他説救了我，是麽？』那人道：『正是小管營對他父親説了，因此不打都頭。』武松道：『却又蹺蹊！我自是清河縣人氏，他自是孟州人，自來素不相識，如何這般看覷我？必有個緣故。我且問你，那小管營姓甚名誰？』那人道：『姓施，名恩。使得好拳棒。人都叫他做金眼彪施恩。』武松聽了道：『想他必是個好男子。你且去請他出來，和我相見了，這酒食便可吃你的。你若不請他出來和我厮見時，我半點兒也不吃你的！』那人道：『小管營分付小人道：「休要説知備細。」教小人待半年三個月，方才説知相見。』武松道：『休要胡説！你祇去請小管營出來和我相會了便罷。』那人害怕，那裏肯去。武松有些焦躁起來，那人祇得去裏面説知。

多時，祇見施恩從裏面跑將出來，看着武松便拜。武松慌忙答禮，說道：『小人是個治下的囚徒，自來未曾拜識尊顏，前日又蒙救了一頓大棒，今又蒙每日好酒好食相待，甚是不當。又没半點兒差遣。正是無功受祿，寢食不安。』施恩答道：『小弟久聞兄長大名，如雷灌耳，祇恨雲程阻隔，不能夠相見。今日幸得兄長到此，正要拜識尊顏，祇恨無物款待，因此懷羞，不敢相見。』武松問道：『却才聽得伴當所說，且教武松過半年三個月却有話說，正是小管營要與小人說甚話？』施恩道：『村僕不省得事，脱口便對兄長說知道。却如何造次說得！』武松道：『管營恁地時，却是秀才耍，倒教武松憋破肚皮，悶了怎地過得！你且說正是要我怎地？』施恩道：『既是村僕說出了，小弟祇得告訴。因爲兄長是個大丈夫，真男子，有件事欲要相央，除是兄長便行得。祇是兄長路遠到此，氣力有虧，未經完足。且請將息半年三五個月，待兄長氣力完足，那時却對兄長說知備細。』武松聽了，呵呵大笑道：『管營聽稟：我去年害了三個月瘧疾，景陽岡上酒醉裏打翻了一隻大蟲，也祇三拳兩脚便自打死了，何況今日！』施恩道：『而今且未可說。且等兄長再將養幾時，待貴體完完備備，那時方敢告訴。』武松道：『祇是道我没氣力了！既是如此說時，我昨日看見天王堂前那個石墩，約有多少斤重？』施恩道：『敢怕有四五百斤重。』武松道：『我且和你去看一看，武松不知拔得動也不？』施恩道：『請吃罷酒了同去。』武松道：『且去了回來吃未遲。』

兩個來到天王堂前，衆囚徒見武松和小管營同來，都躬身唱喏。武松把石墩略摇一摇，大笑道：『小人真個嬌惰了，那裏拔得動！』施恩道：『三五百斤石頭，如何輕視得他？』武松笑道：『小管營也信真個拿不起？你衆人且躲開，看武松拿一拿。』武松便把上半截衣裳脱下來，拴在腰裏，把那個石墩祇一抱，輕輕地抱將起來。雙手把石墩祇一撇，撲地打下地裏一尺來深。衆囚徒見了，盡皆駭然。武松再把右手去地裏一提，提將起來，望空祇一擲，擲起去離地一丈來高。武松雙手祇一接，接來輕輕地放在原舊安處。回過身來，看着施恩并衆囚徒。武松面上不紅，心頭不跳，口裏不喘。施恩近前抱住武松便拜道：『兄長非凡人也！真天神！』衆囚徒一齊都拜道：『真神人也！』施恩便請武松到私宅堂上請坐了。武松道：『小管營今番須同說知，有甚事使令我去？』施恩道：『且請少坐，待家尊出來相見了時，却得相煩告訴。』武松道：『你要教人幹事，不要這等兒女相，顛倒恁地，不是幹事的人了！便是一刀一割的勾當，武松也替你去幹。若是有些諂佞的，非爲人也！』那施恩叉手不離方寸，才說出這件事來。有分教：武松顯出那殺人的手段，重施這打虎的威風。正是：雙拳起處雲雷吼，飛脚來時風雨驚。

畢竟施恩對武松說出甚事來，且聽下回分解。

第二十九回　施恩重霸孟州道　武松醉打蔣門神

嘗怪宋子京官給椽燭修《新唐書》。嗟乎，豈不冤哉！夫修史者，國家之事也；下筆者，文人之事也。國家之事，止于敘事而止，文非其所務也。若文人之事，固當不止敘事而已，必且心以爲經，手以爲緯，躊躇變化，務撰而成絶世奇文焉。如司馬遷之書，其選也。馬遷之傳伯夷也，其事伯夷也，其志不必伯夷也。其傳游俠貨殖，其事游俠貨殖，其志不必游俠貨殖也。進而至于漢武本紀，事誠漢武之事，志不必漢武之志也。惡乎志？文是已。馬遷之書，是馬遷之文也。馬遷書中所敘之事，則馬遷之文之料也，以一代之大事，如朝會之嚴，禮樂之重，戰陣之危，祭祀之慎，會計之繁，刑獄之恤，供其爲絶世奇文之料，而君相不得問者。凡以當其有事，則君相之權也，非儒生之所得議也。若當其操筆而將書之，是文人之權矣，君相雖至尊，其又惡敢置一末喙乎哉！此無他，君相能爲其事，而不能使其所爲之事必壽于世。能使君相所爲之事必壽于世，乃至百世千世以及萬世，而猶歌咏不衰，起敬起愛者，是則絶世奇文之力，而君相之事反若附驥尾而顯矣。是故馬遷之爲文也，吾見其有事之巨者而隱括焉，又見其有事之細者而張皇焉，或見其有事之闕者而附會焉，又見其有事之全者而軼去焉，無非爲文計，不爲事計也。但使吾之文得成絶世奇文，斯吾之文傳而事傳矣。如必欲但傳其事，又令纖悉不失，是吾之文先已拳曲不通，已不得爲絶世奇文，將吾之文既已不傳，而事又烏乎傳耶？蓋孔子亦曰：其事則齊桓晉文，其文則史。其事則齊桓晉文，若是乎事無文也。其文則史，而其事亦終不出于齊桓晉文，若是乎文料之説，雖孔子亦早言之也。嗚呼！古之君子，受命載筆，爲一代紀事，而猶能出其珠玉錦綉之心，自成一篇絶世奇文。豈有稗官之家，無事可紀，不過欲成絶世奇文以自娱樂，而必張定是張，李定是李，毫無縱横曲直，經營慘淡之志者哉？則讀稗官，其又何不讀宋子京《新唐書》也！

如此篇武松爲施恩打蔣門神，其事也，武松飲酒，其文也。打蔣門神，其料也，飲酒，其珠玉錦綉之心也。故酒有酒人，景陽岡上打虎好漢，其千載第一酒人也。酒有酒場，出孟州東門，到快活林十四五里田地，其千載第一酒場也。酒有酒時，炎暑乍消，金風颯起，解開衣襟，微風相吹，其千載第一酒時也。酒有酒令，無三不過望，其千載第一酒令也。酒有酒監，連飲三碗，便起身走，其千載第一酒監也。酒有酒籌，十二三家賣酒望竿，其千載第一酒籌也。酒有行酒人，未到望邊，先已篩滿，三碗既畢，急急奔去，其千載第一行酒人也。酒有下酒物，忽然想到亡兄而放聲一哭，忽然恨到奸夫淫婦而拍案一叫，其千載第一下酒物也。酒有酒懷，記得宋公明在柴王孫莊上，其千載第一酒懷也。酒有酒風，少間蔣門神無復在孟州道上，其千載第一酒風也。酒有酒贊，『河陽風月』四字，『醉裏乾坤大，壺中日月長』十字，其千載第一酒贊也。酒有酒題，『快活林』其千載第一酒題也。凡若此者，是皆此篇之文也，并非此篇之事也。如以事而已矣，則施恩領却武松去打蔣門神，一路吃了三十五六碗酒，衹依宋子京例大書一行足矣，何爲乎又煩耐庵撰此一篇也哉？甚矣，世無讀書之人，吾未如之何也！

話説當時施恩向前説道：『兄長請坐。待小弟備細告訴衷曲之事。』武松道：『小管營不要文文謅謅，揀緊要的話直説來。』施恩道：『小弟自幼從江湖上師父學得些小槍棒在身，孟州一境，起小弟一個諢名，叫做金眼彪。小弟此間東門外有一座市井，地名唤做快活林。但是山東、河北客商們，都來那裏做買賣，有百十處大客店，三二十處賭坊、兑坊。往常時，小弟一者倚仗隨身本事，二者捉着營裏有八九十個弃命囚徒，去那裏開着一個酒肉店，都分與衆店家和賭坊、兑坊裏。但有過路妓女之人，到那裏來時，先要來參見小弟，然後許他去趁食。那許多去處每朝每日都有閑錢，月終也有三二百兩銀子尋覓。如此賺錢。近來被這本營内張團練，新從東潞州來，帶一個人到此。那厮姓蔣名忠，有九尺來長身材，因此，江湖上起他一個諢名，叫做蔣門神。那厮不説長大，原來有一身好本事，使得好槍棒，拽拳飛脚，相撲爲最。自誇大言道：「三年上泰岳争跤，不曾有對；普天之下，没我一般的了！」因此來奪小弟的道路。小弟不肯讓他，吃那厮一頓拳脚打了，兩個月起不得床。前日兄長來時，兀自包着頭，兜着手，直到如今，傷痕未消。本待要起人去和他斷打，他却有張團練那一班兒正軍。若是鬧將起來，和營中先自折理。有這一點無窮之恨不能報得。久聞兄長是個大丈夫，不在蔣門神之下，怎地得兄長與小弟出得這口無窮之怨氣，死而瞑目。衹恐兄長遠路辛苦，氣未完，力未足，因此且教養息半年三月，等貴體氣完力足方請商議。不期村僕脱口失言説了，小弟當以實告。」

武松聽罷，呵呵大笑，便問道：「那蔣門神還是幾顆頭，幾條臂膊？」施恩道：「也衹是一顆頭，兩條臂膊，如何有多！」武松笑道：「我衹道他三頭六臂，有那吒的本事，我便怕他！原來衹是一顆頭，兩條臂膊。既然没那吒的模樣，却如何怕他？」施恩道：「衹是小弟力薄藝疏，便敵他不過。」武松道：「我却不是説嘴，憑着我胸中本事，平生衹要打天下硬漢，不明道德的人！既是恁地説了，如今却在這裏做什麽？有酒時，拿了去路上吃。我如今便和你去。看我把這厮和大蟲一般結果他。拳頭重時打死了，我自償命！」施恩道：「兄長少坐。待家尊出來相見了，當行即行，未敢造次。等明日先使人去那裏探聽一遭，若是本人在家時，後日便去。若是那厮不在家時，却再理會。空自去打草驚蛇，倒吃他做了手脚，却是不好。」武松焦躁道：「小管營！你可知着他打了，原來不是男子漢做事。去便去，等什麽今日明日！要去便走，怕他準備！」

正在那裏勸不住，衹見屏風背後轉出老管營來，叫道：「義士，老漢聽你多時也。今日幸得相見義士一面，愚男如撥雲見日一般。且請到後堂少叙片時。」武松跟了到裏面。老管營道：「義士且請坐。」武松道：「小人是個囚徒，如何敢對相公坐地。」老管營道：「義士休如此説。愚男萬幸，得遇足下，何故謙讓？」武松聽罷，唱個無禮喏，相對便坐了。施恩却立在面前。武松道：「小管營如何却立地？」施恩道：「家尊在上相陪，兄長請自尊便。」武松道：「恁地時，小人却不自在。」老管營道：「既是義士如此，這裏又無外人。」便叫施恩也坐了。僕從搬出酒肴果品盤饌之類。老管營親自與武松把盞，説道：「義士如此英雄，誰不欽敬！愚男原在快活林中做些

買賣，非爲貪財好利，實是壯觀孟州，增添豪杰氣象。不期今被蔣門神倚勢豪强，公然奪了這個去處，非義士英雄，不能報仇雪恨。義士不弃愚男，滿飲此杯，受愚男四拜，拜爲長兄，以表恭敬之心。」武松答道：「小人年幼無學，如何敢受小管營之禮？枉自折了武松的草料！」當下飲過酒，施恩納頭便拜了四拜。武松連忙答禮，結爲弟兄。當日武松歡喜飲酒，吃得大醉了，便叫人扶去房中安歇。不在話下。

次日，施恩父子商議道：「武松昨夜痛醉，必然中酒，今日如何敢叫他去？且推道使人探聽來，其人不在家裏。延挨一日，却再理會。」當日施恩來見武松，説道：「今日且未可去，小弟已使人探知這厮不在家裏。明日飯後却請兄長去。」武松道：「明日去時不打緊，今日又氣我一日！」早飯罷，吃了茶，施恩與武松去營前閑走了一遭，回來到客房裏，説些槍法，較量些拳棒。看看晌午，邀武松到家裏，衹具數杯酒相待，下飯按酒，不記其數。武松正要吃酒，見他衹把按酒添來相勸，心中不在意。吃了晌午飯，起身别了，回到客房裏坐地。衹見那兩個僕人又來伏侍武松洗浴。武松問道：「你家小管營今日如何衹將肉食出來請我，却不多將些酒出來與我吃，是甚意故？」僕人答道：「不敢瞞都頭説，今早老管營和小管營議論，今日本是要央都頭去，怕都頭夜來酒多，恐今日中酒，怕誤正事，因此不敢將酒出來。明日正要央都頭去幹正事。」武松道：「恁地時，道我醉了，誤了你大事？」僕人道：「正是這般計較。」僕人少間也自去了。

當夜武松巴不得天明。早起來洗漱罷，頭上裹了一頂萬字頭巾，身上穿了一領土色布衫，腰裏系條紅絹搭膊，下面腿絣護膝，八搭麻鞋。討了一個小膏藥，貼了臉上金印。施恩早來請去家裏吃早飯，武松吃了茶飯罷，施恩便道：「後槽有馬，備來騎去。」武松道：「我又不脚小，騎那馬怎地？衹要依我一件事。」施恩道：「哥哥但説不妨，小弟如何敢道不依。」武松道：「我和你出得城去，衹要還我無三不過望。」施恩道：「兄長，如何是無三不過望？小弟不省其意。」武松笑道：「我説與你。你要打蔣門神時，出得城去，但遇着一個酒店便請我吃三碗酒。若無三

碗時，便不過望子去。這個喚做無三不過望。』施恩聽了，想道：『這快活林離東門去有十四五里田地，算來賣酒的人家也有十二三家，若要每店吃三碗時，恰好有三十五六碗酒，才到得那裏。恐哥哥醉也，如何使得！』武松大笑道：『你怕我醉了没本事？我却是没酒没本事。帶一分酒便有一分本事，五分酒五分本事，我若吃了十分酒，這氣力不知從何而來。若不是酒醉後了膽大，景陽岡上如何打得這秖大蟲！那時節，我須爛醉了好下手。又有力，又有勢！』施恩道：『却不知哥哥是恁地。家下有的是好酒，秖恐哥哥醉了失事，因此夜來不敢將酒出來請哥哥深飲。待事畢時，盡醉方休。既然哥哥原來酒後越有本事時，恁地先教兩個僕人，自將了家裏的好酒果品肴饌，去前路等候，却和哥哥慢慢地飲將去。』武松道：『恁麽却才中我意。去打蔣門神，教我也有些膽量。没酒時，如何使得手段出來！還你今朝打倒那厮，教衆人大笑一場。』施恩當時打點了，叫兩個僕人先挑食籮酒擔，拿了些銅錢去了。施老管營又暗暗地選揀了一二十條大漢壯健的人，慢慢的隨後來接應。都分付下了。

且説施恩和武松兩個離了安平寨，出得孟州東門外來。行過得三五百步，秖見官道旁邊，早望見一座酒肆望子挑出在檐前。那兩個挑食擔的僕人已先在那裏等候。施恩邀武松到裏面坐下，僕人已自安下肴饌，將酒來篩。武松道：『不要小盞兒吃。大碗篩來，秖斟三碗。』僕人排下大碗，將酒便斟。武松也不謙讓，連吃了三碗便起身。僕人慌忙收拾了器皿，奔前去了。武松笑道：『却才去肚裏發一發，我們去休。』兩個便離了這座酒肆，出得店來。此時正是七月間天氣，炎暑未消，金風乍起。兩個解開衣襟，又行不得一里多路，來到一處，不村不郭，却早又望見一個酒旗兒，高挑出在林樹裏。來到林木叢中看時，却是一座賣村醪小酒店。但見：

古道村坊，傍溪酒店。楊柳陰森門外，荷花旖旎池中。飄飄酒旆舞金風，短短蘆簾遮酷日。磁盆架上，白泠泠滿貯村醪；瓦瓮竈前，香噴噴初蒸社醞。村童量酒，想非昔日相如；少婦當壚，不是他年卓氏。休言三鬥宿酲，便是二升也醉。

當時施恩、武松來到村坊酒肆門前。施恩立住了脚，問道：『兄長，此間是個村醪酒店，哥哥飲麽？』武松道：『遮莫酸鹹苦澀，問甚滑辣清香，是酒還須飲三碗。若是無三，不過簾便了。』兩個人來坐下，僕人排了果品按酒。武松連吃了三碗，便起身走。僕人急急收了家火什物，趕前去了。兩個出得店門來，又行不到一二里，路上又見個酒店，武松入來，又吃了三碗便走。

話休絮煩。武松、施恩兩個一處走着，但遇酒店便入去吃三碗，約莫也吃過十來處好酒肆。施恩看武松時，不十分醉。武松問施恩道：『此去快活林還有多少路？』施恩道：『没多了。秖在前面，遠遠地望見那個林子便是。』武松道：『既是到了，你且在别處等我，我自去尋他。』施恩道：『這話最好。小弟自有安身去處。望兄長在意，切不可輕敵。』武松道：『這個却不妨。你秖要叫僕人送我，前面再有酒店時，我還要吃。』施恩叫僕人仍舊送武松。施恩自去了。

武松又行不到三四里路，再吃過十來碗酒。此時已有午牌時分，天色正熱，却有些微風。武松酒却涌上來，把布衫攤開，雖然帶着五七分酒，却裝做十分醉的，前顛後偃，東倒西歪，來到林子前。那僕人用手指道：『秖前頭丁字路口，便是蔣門神酒店。』武松道：『既是到了，你自去躲得遠着。等我打倒了，你們却來。』

武松搶過林子背後，見一個金剛來大漢，披着一領白布衫，撒開一把交椅，拿着蠅拂子，坐在緑槐樹下乘凉。武松看那人時，生得如何？但見：

形容醜惡，相貌粗疏。一身紫肉横生，幾道青筋暴起。黄鬚斜起，唇邊撲地蟬蛾；怪眼圓睜，眉目對懸星象。坐下猙獰如猛虎，行時仿佛似門神。

這武松假醉佯顛，斜着眼看了一看，心中自忖道：『這個大漢一定是蔣門神了。』直搶過去。又行不到三五十步，早見丁字路口一個大酒店，檐前立着望竿，上面挂着一個酒望子，寫着四個大字道：『河陽風月』。轉過來看時，門前一帶緑油闌干，插着兩把銷金旗，每把上五個金字，寫道：『醉裏乾坤大，壺中日月長』。一邊廂肉案砧頭，操刀的家生，一壁廂蒸作饅頭，燒柴的廚竈。去裏面一字兒擺着三隻大酒缸，半截埋在地裏，缸裏面各有大半缸酒。正中間裝列着櫃身子，裏面坐着一個年紀小的婦人，正是蔣門神初來孟州新娶的妾。原是西瓦子裏唱説諸般宫調的頂老。那婦人生得如何？

眉横翠岫，眼露秋波。櫻桃口淺暈微紅，春笋手輕舒嫩玉。冠兒小，明鋪魚魫，掩映烏雲；衫袖窄，巧染榴花，薄籠瑞雪。金釵插鳳，寶釧圍龍。盡教崔護去尋漿，疑是文君重賣酒。

武松看了，瞅着醉眼，徑奔入酒店裏來，便去櫃身相對一副座頭上坐了，把雙手按着桌子上，不轉眼看那婦人。在櫃身裏那婦人瞧見，回轉頭看了别處。

武松看那店裏時，也有五七個當撑的酒保。武松却敲着桌子叫道，『賣酒的主人家在那裏？』一個當頭的酒保過來，看着武松道：『客人要打多少酒？』武松道：『打兩角酒，先把些來嚐看。』那酒保去櫃上叫那婦人舀兩角酒下來，傾放桶裏，燙一碗過來，道：『客人嚐酒。』武松拿起來聞一聞，摇着頭道：『不好，不好！换將來！』酒保見他醉了，將來櫃上道：『娘子，胡亂换些與他。』那婦人接來，傾了那酒，又舀些上等酒下來。酒保將去，又燙一碗過來。武松提起來，呷了一口，叫道：『這酒也不好，快换來便饒你！』

酒保忍氣吞聲，拿了酒去櫃邊道：『娘子，胡亂再换些好的與他，休和他一般見識。這客人醉了，祇待要尋鬧相似。胡亂换些好的與他噇。』那婦人又舀了一等上色好的酒來與酒保。酒保把桶兒放在面前，又燙一碗過來。武松吃了道：『這酒略有些意思。』問道：『過賣，你那主人家姓什麼？』酒保答道：『姓蔣。』武松道：『却如何不姓李？』那婦人聽了道：『這厮那裏吃醉了，來這裏討野火麽？』酒保道：『眼見得是個外鄉蠻子，不省得了。休聽他放屁。』武松問道：『你説什麼？』酒保道：『我們自説話，客人你休管，自吃酒。』

武松道：『過賣，你叫櫃上那婦人下來相伴我吃酒。』酒保喝道：『休胡説！這是主人家娘子。』武松道：『便是主人家娘子待怎地？相伴我吃酒也不打緊！』那婦人大怒，便駡道：『殺才！該死的賊！』推開櫃身子，却待奔出來。

武松早把土色布衫脱下，上半截揣在腰裏，便把那桶酒祇一潑，潑在地上，搶入櫃身子裏，却好接着那婦人。武松手硬，那裏挣扎得。被武松一手接住腰胯，一手把冠兒捏做粉碎，揪住雲髻，隔櫃身子提將出來，望渾酒缸裏祇一丢。聽得撲通的一聲響，可憐這婦人正被直丢在大酒缸裏。武松托地從櫃身前踏將出來。有幾個當撑的酒保，手脚活些個的，都搶來奔武松。武松手到，輕輕地祇一提，攧入懷裏來。兩手揪住，也望大酒缸裏祇一丢，椿在裏面。又一個酒保奔來，提着頭祇一掠，也丢在酒缸裏。再有兩個來的酒保，一拳一脚，都被武松打倒了。先頭三個人，在三隻酒缸裏，那裏挣扎得起。後面兩個人，在地下爬不動。這幾個火家搗子，打得屁滚尿流。乖的走了一個。武松道：『那厮必然去報蔣門神來。我就接將去，大路上打倒他好看，教衆人笑一笑。』武松大踏步趕將出來。

那個搗子徑奔去報了蔣門神。蔣門神見説，吃了一驚，踢翻了交椅，丢去蠅拂子，便鑽將來。武松却好迎着，正在大闊路上撞見。蔣門神雖然長大，近因酒色所迷，淘虚了身子，先自吃了那一驚，奔將來，那步不曾停住，怎地及得武松虎一般似健的人，又有心來算他。蔣門神見了武松，心裏先欺他醉，祇顧趕將入來。説時遲，那時快。武松先把兩個拳頭去蔣門神臉上虚影一影，忽地轉身便走。蔣門神大怒，搶將來。被武松一飛脚踢起，踢中蔣門神小腹上。雙手按了，便蹲下去。武松一踅，踅將過來，那隻右脚早踢起，直飛在蔣門神額角上，踢着正中，望後便倒。武松追入一步，踏住胸脯，提起這醋鉢兒大小拳頭，望蔣門神臉上便打。原來説過的，打蔣門神撲手：先把拳頭虚影一影，便轉身，却先飛起左脚，踢中了，便轉過身來，再飛起右脚。這一撲有名，唤做『玉環步，鴛鴦脚』。這是武松平生的真才實學，非同小可！打得蔣門神在地下叫饒。武松説道：『若要我饒你性命，祇要依我三件事。』蔣門神在地下叫道：『好漢饒我！休説三件，便是三百件，我也依得！』武松指定蔣門神，説出那三件事來，有分教：大鬧孟州城，來上梁山泊。且教改頭換面來尋主，剪髮齊眉去殺人。

畢竟武松對蔣門神説出那三件事來，且聽下回分解。

第三十回 施恩三入死囚牢 武松大鬧飛雲浦

看他寫快活林，朝蔣暮施，朝施暮蔣，遂令人不敢復作快意之事。稗官有益于世，乃復如此不小。

張都監令武松在家出入，所以死武松也，而不知適所以自死。禍福倚伏不測如此，令讀者不寒而栗！

看他寫武松殺嫂嫂，偏寫出他無數風流輕薄，如十字坡、快活林，皆是也。今忽然又寫出張都監家鴛鴦樓下中秋一宴，嬌嬈旖旎，玉繞香圍，乃至寫到許以玉蘭妻之，遂令武大、武二，金蓮、玉蘭宛然成對，文心綉錯，真稱絶世也。

看他寫武松殺四人後，忽用『提刀』『躊躕』四字，真是善用《莊子》，幾令後人讀之不知《水滸》用《莊子》，《莊子》用《水滸》矣。

後文血濺鴛鴦樓，是天翻地覆之事，却祇先寫一句，云『忽然一個念頭起』，神妙之筆，非世所知。

話説當時武松踏住蔣門神在地下，指定面門道：『若要我饒你性命，祇依我三件事，便罷！』蔣門神便道：『好漢但説，蔣忠都依。』武松道：『第一件，要你便離了快活林回鄉去，將一應家火什物，隨即交還原主金眼彪施恩。誰教你强奪他的？』蔣門神慌忙應道：『依得，依得！』武松道：『第二件，我如今饒了你起來，你便去央請快活林爲頭爲腦的英雄豪杰，都來與施恩陪話。』蔣門神道：『小人也依得。』武松道：『第三件，你從今日交割還了，便要你離了這快活林，連夜回鄉去，不許你在孟州住。在這裏不回去時，我見一遍打你一遍，我見十遍打十遍。輕則打你半死，重則結果了你命！你依得麽？』蔣門神聽了，要掙扎性命，連聲應道：『依得，依得！蔣忠都依！』武松就地下提起蔣門神來看時，打得臉青嘴腫，脖子歪在半邊，額角頭流出鮮血來。武松指着蔣門神説道：『休言你這厮鳥蠢漢，景陽岡上那隻大蟲，也祇打三拳兩脚，我兀自打死了。量你這個值得甚的！快交割還他！但遲了些個，再是一頓，便一發結果了你這厮！』蔣門神此時方才知是武松，祇得喏喏連聲告饒。正説之間，祇見施恩早到，帶領着三二十個悍勇軍健，都來相幫。却見武松贏了蔣門神，不勝之喜，團團擁定武松。武松指着蔣門神道：『本主已自在這裏了，你一面便搬，一面快去請人來陪話。』蔣門神答道：『好漢，且請去店裏坐地。』

武松帶一行人都到店裏看時，滿地盡是酒漿。這兩個鳥男女正在缸裏扶墻摸壁扎掙。那婦人方才從缸裏爬得出來，頭臉都吃磕破了，下半截淋淋灕灕都拖着酒漿。那幾個火家酒保走得不見影了。

武松與衆人入到店裏坐下，喝道：『你等快收拾起身！』一面安排車子，收拾行李，先送那婦人去了。一面叫不着傷的酒保，去鎮上請十數個爲頭的豪杰之士，都來店裏替蔣門神與施恩陪話。盡把好酒開了，有的是按酒，都擺列了桌面，請衆人坐地。武松叫施恩在蔣門神上首坐定。各人面前放隻大碗，叫酒保衹顧篩來。

酒至數碗，武松開話道：『衆位高鄰都在這裏。小人武松，自從陽谷縣殺了人，配在這裏，聞聽得人説道：快活林這座酒店，原是小施管營造的屋宇等項買賣，被這蔣門神倚勢豪强，公然奪了，白白地占了他的衣飯。你衆人休猜道是我的主人，我和他并無干涉。我從來衹要打天下這等不明道德的人！我若路見不平，真乃拔刀相助，我便死了不怕！今日我本待把蔣家這厮一頓拳脚就打死，除了一害。且看你衆高鄰面上，權寄下這厮一條性命。則今晚便教他投外府去。若不離了此間，再撞見我時，景陽岡上大蟲便是模樣！』衆人才知道他是景陽岡打虎的武都頭，都起身替蔣門神陪話道：『好漢息怒。教他便搬了去，奉還本主。』那蔣門神吃他一嚇，那裏敢再做聲。施恩便點了家火什物，交割了店肆。蔣門神羞慚滿面，相謝了衆人，自唤了一輛車兒去了，就裝了行李起身。不在話下。

且説武松邀衆高鄰直吃得盡醉方休。至晚，衆人散了。武松一覺直睡到次日辰牌方醒。却説施老管營聽得兒子施恩重霸得快活林酒店，自騎了馬直來店裏相謝武松，連日在店内飲酒作賀。快活林一境之人都知武松了得，那一個不來拜見武松。自此，重整店面，開張酒肆。老管營自回安平寨理事。施恩使人打聽蔣門神帶了家小不知

去向，這裏衹顧自做買賣，且不去理他。就留武松在店裏居住。自此，施恩的買賣比往常加增三五分利息。各店家并各賭坊、兑坊，加利倍送閑錢來與施恩。施恩得武松争了這口氣，把武松似爺娘一般敬重。施恩自此重霸得孟州道快活林，不在話下。正是：

惡人自有惡人魔，報了冤仇是若何。
從此施恩心下喜，武松終日醉顔酡。

荏苒光陰，早過了一月之上。炎威漸退，玉露生凉，金風去暑，已及深秋。有話即長，無話即短。當日施恩正和武松在店裏閑坐説話，論些拳棒槍法。衹見店門前兩三個軍漢，牽着一匹馬，來店裏尋問主人道：『那個是打虎的武都頭？』施恩却認得是孟州守御兵馬都監張蒙方衙内親隨人。施恩便向前問道：『你等尋武都頭則甚？』那軍漢説道：『奉都監相公鈞旨，聞知武都頭是個好男子，特地差我們將馬來取他。相公有鈞帖在此。』施恩看了，尋思道：『這張都監是我父親的上司官，屬他調遣。今者武松又是配來的囚徒，亦屬他管下。衹得教他去。』施恩便對武松道：『兄長，這幾位郎中，是張都監相公處差來取你。他既着人牽馬來，哥哥心下如何？』武松是個一勇之夫，終無計較，便道：『他既是取我，衹得走一遭，看他有甚話説。』隨即换了衣裳巾幘，帶了個小伴當，上了馬，一同衆人投孟州城裏來。

到得張都監宅前，下了馬，跟着那軍漢直到廳前參見張都監。那張蒙方在廳上，見了武松來，大喜道：『教進前來相見。』武松到廳下，拜了張都監，叉手立在側邊。張都監便對武松道：『我聞知你是個大丈夫，男子漢，英雄無敵，敢與人同死同生。我帳前現缺恁地一個人，不知你肯與我做親隨體己人麽？』武松跪下稱謝道：『小人是個牢城營内囚徒，若蒙恩相抬舉，小人當以執鞭墜鐙，伏侍恩相。』張都監大喜，便叫取果盒酒出來。張都監親自賜了酒，叫武松吃得大醉，就前廳廊下收拾一間耳房與武松安歇。次日，又差人去施恩處取了行李來，衹在張都監家宿歇。早晚都監相公不住地唤武松進後堂，與酒與食，放他穿房入户，把做親人一般看待。又叫裁縫與

武松徹裏徹外做秋衣。武松見了，也自歡喜，心內尋思道：「難得這個都監相公，一力要抬舉我！自從到這裏住了，寸步不離，又没工夫去快活林與施恩說話。雖是他頻頻使人來相看我，多管是不能夠入宅裏來。」

武松自從在張都監宅裏，相公見愛，但是人有些公事來央浼他的，武松對都監相公說了，無有不依。外人都送些金銀、財帛、緞匹等件。武松買個柳藤箱子，把這送的東西都鎖在裏面。不在話下。

時光迅速，却早又是八月中秋。怎見得中秋好景？但見：

玉露泠泠，金風淅淅。井畔梧桐落葉，池中菡萏成房。新雁初鳴，南樓上動人愁慘；寒蛩韵急，旅館中孤客憂懷。舞風楊柳半摧殘，帶雨芙蓉逞嬌艷。秋色平分催節序，月輪端正照山河。

當時，張都監向後堂深處鴛鴦樓下安排筵宴，慶賞中秋，叫喚武松到裏面飲酒。武松見夫人宅眷都在席上，吃了一杯，便待轉身出來。張都監喚住武松問道：「你那裏去？」武松答道：「恩相在上，夫人宅眷在此飲宴，小人理合回避。」張都監大笑道：「差了，我敬你是個義士，特地請將你來一處飲酒，如自家一般，何故却要回避？你是我心腹人，何礙？便一處飲酒不妨。」武松道：「小人是個囚徒，如何敢與恩相坐地！」張都監道：「義士，你如何見外？此間又無外人，便坐不妨。」武松三回五次謙讓告辭，張都監那裏肯放，定要武松一處坐地。武松衹得唱個無禮喏，遠遠地斜着身坐了。張都監着丫鬟養娘斟酒，相勸一杯兩盞。看看飲過五七杯酒，張都監叫抬上果桌飲酒，又進了一兩套食。次說些閑話，問了些槍法。張都監道：「大丈夫飲酒，何用小杯！」叫：「取大銀賞鍾斟酒與義士吃。」連珠箭勸了武松幾鍾。看看月明光彩照入東窗。武松吃得半醉，却都忘了禮數，衹顧痛飲。張都監叫喚一個心愛的養娘，叫做玉蘭，出來唱曲。那玉蘭生得如何？但見：

臉如蓮萼，唇似櫻桃。兩彎眉畫遠山青，一對眼明秋水潤。纖腰裊娜，綠羅裙掩映金蓮；素體馨香，絳紗袖輕籠玉笋。鳳釵斜插籠雲髻，象板高擎立玳筵。

那張都監指着玉蘭道：「這裏別無外人，衹有我心腹之人武都頭在此。你可唱個中秋對月時景的曲兒，教我們聽則個。」玉蘭執着象板，向前各道個萬福，頓開喉嚨，唱一支東坡學士中秋《水調歌》。唱道是：

「明月幾時有？把酒問青天。不知天上宮闕，今夕是何年？我欲乘風歸去，衹恐瓊樓玉宇，高處不勝寒。起舞弄清影，何似在人間。高卷珠簾，低綺户，照無眠。不應有恨，何事常向別時圓？人有悲歡離合，月有陰晴圓缺，此事古難全。但願人長久，萬里共嬋娟。」

這玉蘭唱罷，放下象板，又各道了一個萬福，立在一邊。張都監又道：「玉蘭，你可把一巡酒。」這玉蘭應了，便拿了一副勸杯，丫鬟斟酒，先遞了相公，次勸了夫人，第三便勸武松飲酒。張都監叫斟滿着。武松那裏敢抬頭，起身遠遠地接過酒來，唱了相公、夫人兩個大喏，拿起酒來一飲而盡，便還了盞子。張都監指着玉蘭，對武松道：「此女頗有些聰明伶俐，善知音律，極能針指。如你不嫌低微，數日之間，擇了良辰，將來與你做個妻室。」武松起身再拜道：「量小人何者之人，怎敢望恩相宅眷爲妻？枉自折武松的草料！」張都監笑道：「我既出了此言，必要與你。你休推故阻，我必不負約。」

當時一連又飲了十數杯酒。約莫酒涌上來，恐怕失了禮節，便起身拜謝了相公、夫人，出到廳前廊下房門前。開了門，覺道酒食在腹，未能便睡，去房裏脫了衣裳，除下巾幘，拿條哨棒，來廳心裏月明下使幾回棒，打了幾個輪頭。仰面看天時，約有三更時分。武松進到房裏，却待脫衣去睡，衹聽得後堂裏一片聲叫起「有賊」來。武松聽得道：「都監相公如此愛我，他後堂內裏有賊，我如何不去救護？」武松獻勤，提了一條哨棒徑搶入後堂裏來。衹見那個唱的玉蘭，慌慌張張走出來指道：「一個賊奔入後花園裏去了！」武松聽得這話，提着哨棒，大踏步，直趕入花園裏去尋時，一周遭不見。復翻身却奔出來，不提防黑影裏撇出一條板凳，把武松一跤絆翻，走出七八個軍漢，叫一聲：「捉賊！」就地下把武松一條麻索綁了。武松急叫道：「是我！」那衆軍漢那裏容他分說。衹見堂裏燈燭熒煌，張都監坐在廳上，一片聲叫道：「拿賊來！」衆軍漢把武松一步一棍打到廳前。

武松叫道：「我不是賊，是武松。」張都監看了大怒，變了面皮，喝罵道：「你這個賊配軍，本是個强盜，賊心賊肝的人！我倒要抬舉你一力成人，不曾虧負了你半點兒。却才教你一處吃酒，同席坐地。我指望要抬舉與你個官，你如何却做這等的勾當？」武松大叫道：「相公，非干我事！我來捉賊，如何倒把我捉了做賊？武松是個頂天立地的好漢，不做這般的事！」張都監喝道：「你這廝休賴！且把他押去他房裏，搜看有無贓物！」衆軍漢把武松押着，徑到他房裏，打開他那柳藤箱子看時，上面都是些衣服，下面却是些銀酒器皿，約有一二百兩贓物。武松見了，也自目瞪口呆，衹得叫屈。衆軍漢把箱子抬出廳前，張都監看了，大罵道：「賊配軍，如此無禮！贓物正在你箱子裏搜出來，如何賴得過？常言道：衆生好度人難度。原來你這廝外貌像人，倒有這等賊心賊肝。既然贓證明白，没話說了！」連夜便把贓物封了，且叫：「送去機密房裏監收，天明却和這廝說話！」武松大叫冤屈，那裏肯容他分說。衆軍漢扛了贓物，將武松送到機密房裏收管了。張都監連夜使人去對知府說了，押司孔目上下都使用了錢。

次日天明，知府方才坐廳，左右緝捕觀察把武松押至當廳，贓物都扛在廳上。張都監家心腹人賫着張都監被盜的文書，呈上知府看了。那知府喝令左右把武松一索捆翻。牢子節級將一束問事獄具放在面前。武松却待開口分說，知府喝道：「這廝原是遠流配軍，如何不做賊？一定是一時見財起意。既是贓證明白，休聽這廝胡說，衹顧與我加力打這廝！」那牢子獄卒拿起批頭竹片，雨點地打下來。武松情知不是話頭，衹得屈招做：「本月十五日，一時見本官衙内許多銀酒器皿，因而起意，至夜乘勢竊取入己。」與了招狀。知府道：「這廝正是見財起意，不必説了。且取枷來釘了監下。」牢子將過長枷，把武松枷了，押下死囚牢裏監禁了。正是：

都監貪污重可嗟，得人金帛售奸邪。
假將歌女爲婚配，却把忠良做賊拿。

且說武松下到大牢裏，尋思道：「叵耐張都監那厮安排這般圈套坑陷我，我若能夠掙得性命出去時，却又理會！」牢子獄卒把武松押在大牢裏，將他一雙脚晝夜匣着，又把木杻釘住雙手，那裏容他些鬆寬。

話裏却說施恩已有人報知此事，慌忙入城來和父親商議。老管營道：「眼見得是張團練替蔣門神報仇，買囑張都監，却設出這條計策陷害武松。必然是他着人去上下都使了錢，受了人情賄賂，衆人以此不由他分說，必然要害他性命。我如今尋思起來，他須不該死罪。衹是買求兩院押牢節級便好，可以存他性命，在外却又别作商議。」施恩道：「現今當牢節級姓康的，和孩兒最過得好。衹得去求浼他如何？」老管營道：「他是爲你吃官司，你不去救他，更待何時。」

施恩將了一二百兩銀子，徑投康節級，却在牢未回。施恩叫他家着人去牢裏說知。不多時，康節級歸來，與施恩相見。施恩把上件事一一告訴了一遍。康節級答道：「不瞞兄長說，此一件事，皆是張都監和張團練兩個同姓結義做弟兄，現今蔣門神躲在張團練家裏，却央張團練買囑這張都監，商量設出這條計來。一應上下之人，都是蔣門神用賄賂。我們都接了他錢。廳上知府一力與他做主，定要結果武松性命。衹有當案一個葉孔目不肯，因此不敢害他。這人忠直仗義，不肯要害平人，亦不貪愛金寶。衹有他不肯要錢，以此武松還不吃虧。今聽施兄所說了，牢中之事盡是我自維持。如今便去寬他，今後不教他吃半點兒苦。你却快央人去，衹囑葉孔目，要求他早斷出去，便可救得他性命。」施恩取一百兩銀子與康節級，康節級那裏肯受，再三推辭，方才收了。

施恩相别出門來，徑回營裏，又尋一個和葉孔目知契的人，送一百兩銀子與他，衹求早早緊急決斷。那葉孔目已知武松是個好漢，亦自有心周全他，已把文案做得活着。衹被這知府受了張都監賄賂囑托，不肯從輕勘來。武松竊取人財，又不得死罪，因此互相延捱，衹要牢裏謀他性命。今來又得了這一百兩銀子，亦知是屈陷武松，却把這文案都改得輕了，盡出豁了武松，衹待限滿決斷。有詩爲證：

贓吏紛紛據要津，公然白日受黄金。
西廳孔目心如水，海内清廉播德音。

且說施恩于次日安排了許多酒饌，甚是齊備，來央康節級引領，直進大牢裏看視武松，見面送飯。此時武松已自得康節級看覷，將這刑禁都放寬了。施恩又取三二十兩銀子，分俵與衆小牢子，取酒食叫武松吃了。施恩附耳低言道：『這場官司明明是都監替蔣門神報仇，陷害哥哥。你且寬心，不要憂念。我已央人和葉孔目說通了，甚有周全你的好意。且待限滿斷決你出去，却再理會。』此時武松得鬆寬了，已有越獄之心。聽得施恩說罷，却放了那片心。施恩在牢裏安慰了武松，歸到營中。

過了兩日，施恩再備些酒食錢財，又央康節級引領，入牢裏與武松說話。相見了，將酒食管待。又分俵了些零碎銀子與衆人做酒錢。回歸家來，又央浼人上下去使用，催趲打點文書。過得數日，施恩再備了酒肉，做了幾件衣裳，再央康節級維持，相引將來牢裏請衆人吃酒，買求看覷武松。叫他更換了些衣服，吃了酒食。出入情熟，一連數日，施恩來了大牢裏三次。却不提防被張團練家心腹人見了，回去報知。那張團練便去對張都監說了其事。張都監却再使人送金帛來與知府，就說與此事。那知府是個贓官，接受了賄賂，便差人常常下牢裏來閘看，但見閑人便要拿問。施恩得知了，那裏敢再去看覷。武松却自得康節級和衆牢子自照管他。施恩自此早晚祇去得康節級家裏討信，得知長短。都不在話下。

看看前後將及兩月，有這當案葉孔目一力主張，知府處早晚說開就理。那知府方才知道張都監接受了蔣門神若干銀子，通同張團練設計排陷武松，自心裏想道：『你倒賺了銀兩，教我與你害人！』因此心都懶了，不來管看。捱到六十日限滿，牢中取出武松，當廳開了枷。當案葉孔目讀了招狀，定擬下罪名：脊杖二十，刺配恩州牢城；原盜贓物給還本主。張都監祇得着家人當官領了贜物。當廳把武松斷了二十脊杖，刺了金印，取一面七斤半鐵葉盤頭枷釘了，押一紙公文，差兩個壯健公人防送武松，限了時日要起身。那兩個公人領了牒文，押解了武松出孟州衙門便行。原來武松吃斷棒之時，却得老管營使錢通了，葉孔目又看覷他，知府亦知他被陷害，不十分來打重，因此斷得棒輕。

武松忍着那口氣，帶上行枷，出得城來，兩個公人監在後面。約行得一里多路，祇見官道旁邊酒店裏鑽出施恩來，看着武松道：『小弟在此專等。』武松看施恩時，又包着頭，絡着手臂。武松問道：『我好幾時不見你，如何又做恁地模樣？』施恩答道：『實不相瞞哥哥說，小弟自從牢裏三番相見之後，知府得知了，不時差人下來牢裏點閘，那張都監又差人在牢門口左近兩邊尋看着。因此小弟不能夠再進大牢裏來看望兄長，祇在得康節級家裏討信。半月之前，小弟正在快活林中店裏，祇見蔣門神那廝又領着一伙軍漢到來廝打。小弟被他又痛打一頓，也要小弟央浼人陪話，却被他仍復奪了店面，依舊交還了許多家火什物。小弟在家將息未起。今日聽得哥哥斷配恩州，特有兩件綿衣送與哥哥路上穿着，煮得兩祇熟鵝在此，請哥哥吃兩塊了去。』

施恩便邀兩個公人，請他入酒肆。那兩個公人那裏肯進酒店裏去，便發言發語道：『武松這廝，他是個賊漢！不爭我們吃你的酒食，明日官府上須惹口舌。你若怕打，快走開去！』施恩見不是話頭，便取十來兩銀子送與他兩個公人。那廝兩個那裏肯接，惱忿忿地祇要催促武松上路。施恩討兩碗酒叫武松吃了，把一個包裹拴在武松腰裏，把這兩隻熟鵝挂在武松行枷上。施恩附耳低言道：『包裹裏有兩件綿衣，一帕子散碎銀子，路上好做盤纏，也有兩雙八搭麻鞋在裏面。祇是要路上仔細提防，這兩個賊男女不懷好意！』武松點頭道：『不須分付，我已省得了，再着兩個來也不懼他。你自回去將息，且請放心。我自有措置。』施恩拜辭了武松，哭着去了，不在話下。

武松和兩個公人上路，行不數裏之上，兩個公人悄悄地商議道：『不見那兩個來？』武松聽了，自暗暗地尋思，冷笑道：『沒你娘鳥興！那廝倒來撲復老爺！』武松右手却吃釘住在行枷上，左手却散着。武松就枷上取下那熟鵝來，祇顧自吃，也不睬那兩個公人。又行了一二里路，再把這隻熟鵝除來，右手扯着，把左手撕來祇顧自吃。行不過五里路，把這兩隻熟鵝都吃盡了。約莫離城也有八九里多路，祇見前面路邊先有兩個人，提着樸刀，各跨口腰刀，先在那裏等候。見了公人監押武松到來，便幫着做一路走。武松又見這兩個公人與那兩個提樸刀的擠眉弄眼，打些暗號。武松早睃見，自瞧了八分尷尬，衹安在肚裏，却且衹做不見。

又走不過數裏多路，衹見前面來到一處，濟濟蕩蕩魚浦，四面都是野港闊河。五個人行至浦邊，一條闊板橋，一座牌樓，上有牌額，寫着道『飛雲浦』三字。武松見了，假意問道：『這裏地名喚做什麼去處？』兩個公人應道：『你又不眼瞎，須見橋邊牌額上寫道「飛雲浦」！』武松站住道：『我要净手則個。』那一個公人走近一步，却被武松叫聲：『下去！』一飛脚早踢中，翻筋斗踢下水裏去。這一個急待轉身，武松右脚早起，撲通地也踢下水裏去。那兩個提樸刀的漢子望橋下便走。武松喝一聲：『那裏去！』把枷衹一扭，折做兩半個，扯開封皮，將來撇在水裏，趕將下橋來。那兩個先自驚倒了一個。武松奔上前去，望那一個走的後心上衹一拳打翻，便奪過樸刀來，搠上幾樸刀，死在地上。却轉身回來。這個才挣得起，正待要走。武松追着，劈頭揪住，喝道：『你這廝實說，我便饒你性命！』那人道：『小人兩個是蔣門神徒弟。今被師父和張團練定計，使小人兩個來相幫防送公人，一處來害好漢。』武松道：『你師父蔣門神今在何處？』那人道：『小人臨來時，和張團練都在張都監家裏後堂鴛鴦樓上吃酒，專等小人回報。』武松道：『原來恁地！却饒你不得！』手起刀落，也把這人殺了。解下他腰刀來，揀好的帶了一把。將兩個尸首都攛在浦裏。又怕那兩個公人不死，提起樸刀，每人身上搠了幾樸刀。立在橋上看了一回，思量道：『雖然殺了這四個賊男女，不殺得張都監、張團練、蔣門神，如何出得這口恨氣！』提着樸刀，躊躇了半晌，一個念頭，竟奔回孟州城裏來。

不是這個武松投孟州城裏來要殺張都監，有分教：畫堂深處，尸横廳事階前；紅燭光中，血滿彩樓閣内。哄動乾坤，大鬧寰宇。正是：兩隻大蟲分勝敗，一雙惡獸并輸贏。

畢竟武松再奔回孟州城裏來怎地結果，且聽下回分解。

第三十一回 張都監血濺鴛鴦樓 武行者夜走蜈蚣嶺

我讀至『血濺鴛鴦樓』一篇，而嘆天下之人磨刀殺人，豈不怪哉！《孟子》曰：『殺人父，人亦殺其父。殺人兄，人亦殺其兄。』我磨刀之時，與人磨刀之時，其間不能以寸，然則非自殺之，不過一間，所謂易刀而殺之也。嗚呼，豈惟是乎！夫易刀而殺之也，是尚以我之刀殺人，以人之刀殺我，雖同歸于一殺，然我猶見殺于人之刀，而不至遂殺于我之刀也。乃天下禍機之發，曾無一格，風霆駭變，不須旋踵，如張都監、張團練、蔣門神三人之遇害，可不爲之痛悔哉！方其授意公人，而復遣兩徒弟往幫之也，豈不嘗殷勤致問：『爾有刀否？』兩人應言：『有刀。』即又殷勤致問：『爾刀好否？』兩人應言：『好刀。』則又殷勤致問：『是新磨刀否？』兩人應言：『是新磨刀。』復又殷勤致問：『爾刀殺得武松一個否？』兩人應言：『再加十四五個亦殺得，豈止武松一個供得此刀。』當斯時，莫不自謂此刀跨而往，掣而出，飛而起，劈而落，武松之頭斷，武松之血灑，武松之命絶，武松之冤拔，于是拭之，視之，插之，懸之，歸更傳觀之，嘆美之，摩挲之，瀝酒祭之，蓋天下之大，萬家之衆，其快心快事，當更未有過于鴛鴦樓上張都監、張團練、蔣門神之三人者也。而殊不知雲浦净手，馬院吹燈，刀之去，自前門而去者，刀之歸，已自後門而歸。刀出前門之際，刀尚姓張，刀入後門之時，刀已姓武。于是向之霍霍自磨，惟恐不銛快者，此夜一十九人遂親以頭頸試之。嗚呼，豈忍言哉！夫自買刀，自佩之，佩之多年而未嘗殺一人，則是不如勿買，不如勿佩之爲愈也。自買刀，自佩之，佩之多年而今夜始殺一人，顧一人未殺而刀已反爲所借，而立殺我一十九人。然則買爲自殺而買，佩爲自殺而佩，更無疑也。嗚呼！禍害之伏，秘不得知，及其猝發，疾不得掩，蓋自古至今，往往皆有，乃世之人猶甘蹈之不悟，則何不讀《水滸》二刀之文哉！

此文妙處，不在寫武松心粗手辣，逢人便斫，須要細細看他筆致閑處，筆尖細處，筆法嚴處，筆力大處，筆路别處。如馬槽聽得聲音方才知是武松句，丫鬟駡客人一段酒器皆不曾收句，夫人兀自問誰句，此其筆致之閑也。

殺後槽便把後槽尸首踢過句，吹滅馬院燈火句，開角門便撥過門扇句，掩角門便把門都提過句，丫鬟尸首拖放竈前句，滅了厨下燈火句，走出中門拴前門句，撇了刀鞘句，此其筆尖之細也。前書一更四點，後書四更三點，前插出施恩所送綿衣及碎銀，後插出麻鞋，此其筆法之嚴也。搶入後門殺了後槽，却又閃出後門拿了樸刀。門扇上爬入角門，却又開出角門撥過門扇，搶入樓中殺了三人，却又退出樓梯讓過兩人。重復隨入樓中殺了二人，然後搶下樓來殺了夫人。再到厨房換了樸刀，反出中堂拴了前門。一連共有十數個轉身，此其筆力之大也。一路凡有十一個『燈』字，四個『月』字，此其筆路之別也。

鴛鴦樓之立名，我知之矣，殆言得意之事與失意之事相倚相伏，未曾暫離，喻如鴛鴦二鳥雙游也。佛言功德天當與黑暗女姊妹相逐，是其義也。

武松蜈蚣嶺一段文字，意思暗與魯達瓦官寺一段相對，亦是初得戒刀，另與喝采一番耳，并不復關武松之事。

話說張都監聽信這張團練說誘囑托，替蔣門神報仇，貪圖賄賂，設出這條奇計，陷害武松性命。臨斷出來，又使人買囑兩個防送公人，却教蔣門神兩個徒弟相幫公人，同去路上結果他性命。誰想四個人倒都被武松搠殺在飛雲浦了。當時武松立于橋上，尋思了半晌，躊躇起來，怨恨衝天：『不殺得張都監，如何出得這口恨氣！』便去死尸身邊解下腰刀，選好的取把將來跨了，揀條好樸刀提着，再徑回孟州城裏來。進得城中，早是黄昏時候。衹見家家閉户，處處關門。但見：

十字街熒煌燈火，九曜寺香靄鐘聲。一輪明月挂青天，幾點疏星明碧漢。六軍營内，嗚嗚畫角頻吹；五鼓樓頭，點點銅壺正滴。四邊宿霧，昏昏罩舞榭歌臺；三市寒烟，隱隱蔽緑窗朱户。兩兩佳人歸綉幕，雙雙士子掩書幃。

當下武松入得城來，徑踅去張都監後花園墻外，却是一個馬院。武松就在馬院邊伏着。聽得那後槽却在衙裏，未曾出來。正看之間，衹見呀地角門開，後槽提着個燈籠出來，裏面便關了角門。武松却躲在黑影裏，聽那更鼓時，早打一更四點。那後槽上了草料，挂起燈籠，鋪開被卧，脱了衣裳，上床便睡。武松却來門邊挨那門響。後槽喝道：『老爺方才睡，你要偷我衣裳，也早些哩。』武松把樸刀倚在門邊，却掣出腰刀在手裏，又呀呀地推門。那後槽那裏忍得住，便從床上赤條條地跳將起來，拿了攪草棍，拔了拴，却待開門，被武松就勢推開去，搶入來把這後槽劈頭揪住。却待要叫，燈影下見明晃晃地一把刀在手裏，先自驚得八分軟了。口裏衹叫得一聲：『饒命！』武松道：『你認得我麽？』後槽聽得聲音，方才知是武松，便叫道：『哥哥，不干我事。你饒了我罷！』武松道：『你衹實説，張都監如今在那裏？』後槽道：『今日和張團練、蔣門神他三個，吃了一日酒。如今兀自在鴛鴦樓上吃哩。』武松道：『這話是實麽？』後槽道：『小人説謊，就害疔瘡。』武松道：『恁地却饒你不得！』手起一刀，把這後槽殺了，砍下頭來，一脚踢過尸首。武松把刀插入鞘裏，就燈影下去腰裏解下施恩送來的綿衣，將出來，脱了身上舊衣裳，把那兩件新衣穿了，拴縛得緊湊。把腰刀和鞘跨在腰裏。却把後槽一床單被包了散碎銀兩，入在纏袋裏，却把來挂在門邊。又將兩扇門立在墻邊，先去吹滅了燈火。却閃將出來，拿了樸刀，從門上一步步爬上墻來。

月却明亮，照耀如同白日。武松從墻頭上一跳，却跳在墻裏。便先來開了角門，掇過了門扇，復翻身入來，虚掩上角門，拴都提過了。武松却望燈明處來看時，正是厨房裏。衹見兩個丫鬟正在那湯罐邊埋怨，説道：『伏侍了一日，兀自不肯去睡，衹是要茶吃！那兩個客人也不識羞耻，噇得這等醉了，也兀自不肯下樓去歇息，衹説個不了。』那兩個女使正口裏喃喃吶吶地怨悵。武松却倚了樸刀，掣出腰裏那口帶血刀來，把門一推，呀地推開門，搶入來。先把一個女使髽角兒揪住，一刀殺了。那一個却待要走，兩隻脚一似釘住了的，再要叫時，口裏又似啞了的，端的是驚得呆了。休道是兩個丫鬟，便是説話的見了，也驚得口裏半舌不展。武松手起一刀，也殺了。却把這兩個尸首拖放竈前，滅了厨下燈火，趁着那窗外月光，一步步挨入堂裏來。

武松原在衙裏出入的人，已自都認得路數，徑踅到鴛鴦樓胡梯邊來。捏脚捏手摸上樓時，早聽得那張都監、張團練、蔣門神三個説話。武松在胡梯口聽，衹聽得蔣門神口裏稱贊不了。衹説：『虧了相公與小人報了冤仇。再當重重地答報恩相。』這張都監道：『不是看我兄弟張團練面上，誰肯幹這等的事！你雖費用了些錢財，却也安排得那廝好。這早晚多是在那裏下手，那廝敢是死了。衹教在飛雲浦結果他。待那四人明早回來，便見分曉。』張團練道：『這四個對付他一個，有什麼不了！再有幾個性命也没了。』蔣門神道：『小人也分付徒弟來，衹教就那裏下手，結果了快來回報。』正是：

> 暗室從來不可欺，古今奸惡盡誅夷。金風未動蟬先覺，暗送無常死不知。

武松聽了，心頭那把無明業火高三千丈，衝破了青天。右手持刀，左手叉開五指，搶入樓中。衹見三五枝畫燭高明，一兩處月光射入，樓上甚是明朗。面前酒器，皆不曾收。蔣門神坐在交椅上，見是武松，吃了一驚，把這心肝五臟都提在九霄雲外。説時遲，那時快。蔣門神急待掙扎時，武松早落一刀，劈臉剁着，和那交椅都砍翻了。武松便轉身回過刀來。那張都監方才伸得脚動，被武松當時一刀，齊耳根連脖子砍着，撲地倒在樓板上。兩個都在掙命。這張團練終是個武官出身，雖然酒醉，還有些氣力。見剁翻了兩個，料道走不迭，便提起一把交椅輪將來。武松早接個住，就勢衹一推。休説張團練酒後，便清醒白醒時，也近不得武松神力，撲地望後便倒了。武松趕入去，一刀先剁下頭來。蔣門神有力，掙得起來。武松左脚早起，翻筋斗踢一脚，按住也割下頭。轉身來，把張都監也割了頭。見桌子上有酒有肉，武松拿起酒鍾子，一飲而盡，連吃了三四鍾，便去死屍身上割下一片衣襟來，蘸着血，去白粉墻上大寫下八字道：

> 『殺人者，打虎武松也！』

把桌子上銀酒器皿踏匾了，揣幾件在懷裏。却待下樓，衹聽得樓下夫人聲音叫道：『樓上官人們都醉了，快着兩個上去攙扶。』説猶未了，早有兩個人上樓來。

武松却閃在胡梯邊看時，却是兩個自家親隨人，便是前日拿捉武松的。武松在黑處讓他過去，却攔住去路。兩個入進樓中，見三個屍首横在血泊裏，驚得面面厮覷，做聲不得。正如分開八片頂陽骨，傾下半桶冰雪水。急待回身，武松隨在背後，手起刀落，早剁翻了一個。那一個便跪下討饒。武松道：『却饒你不得。』揪住，也砍了頭。殺得血濺畫樓，屍横燈影。武松道：『一不做，二不休。殺了一百個，也衹是這一死。』提了刀下樓來。夫人問道：『樓上怎地大驚小怪？』武松搶到房前。夫人見條大漢入來，兀自問道：『是誰？』武松的刀早飛起，劈面門剁着，倒在房前聲唤。武松按住，將去割時，刀切頭不入。武松心疑，就月光下看那刀時，已自都砍缺了。武松道：『可知割不下頭來。』便抽身去後門外，去拿取樸刀，丢了缺刀，復翻身再入樓下來。衹見燈明，前番那個唱曲兒的養娘玉蘭，引着兩個小的，把燈照見夫人被殺死在地下，方才叫得一聲：『苦也！』武松握着樸刀，向玉蘭心窩裏搠着。兩個小的亦被武松搠死，一樸刀一個，結果了。走出中堂，把拴拴了前門。又入來尋着兩三個婦女，也都搠死了在房裏。

武松道：『我方才心滿意足。走了罷休。』撇了刀鞘，提了樸刀，出到角門外來。馬院裏除下纏袋來，把懷裏踏匾的銀酒器，都裝在裏面，拴在腰裏，拽開脚步，倒提樸刀便走。到城邊，尋思道：『若等開門，須吃拿了，不如連夜越城走。』便從城邊踏上城來。這孟州城是個小去處，那土城苦不甚高。就女墻邊，望下先把樸刀虚按一按，刀尖在上，棒梢向下，托地衹一跳，把棒一拄，立在濠塹邊。月明之下看水時，衹有一二尺深。此時正是十月半天氣，各處水泉皆涸。武松就濠塹邊脱了鞋襪，解下腿絣護膝，抓扎起衣服，從這城濠裏走過對岸。却想起施恩送來的包裹裏，有兩雙八搭麻鞋，取出來穿在脚上。聽城裏更點時，已打四更三點。武松道：『這口鳥氣今日方才出得鬆臊。梁園雖好，不是久戀之家，衹可撒開。』提了樸刀，投東小路，便走了。

走了一五更，天色朦朦朧朧，尚未明亮。武松一夜辛苦，身體困倦，棒瘡發了又疼，那裏熬得過。望見一座樹林裏一個小小古廟。武松奔入裏面，把樸刀倚了，解下包裹來做了枕頭，撲翻身便睡。却待合眼，衹見廟外邊探入兩把撓鈎，把武松搭住。兩個人便搶入來，將武松按定，一條繩索綁了。那四個男女道：『這鳥漢子却肥了，好送與大哥去。』武松那裏挣扎得脱，被這四個人奪了包裹、樸刀，却似牽羊的一般，脚不點地，拖到村裏來。這四個男女于路上自言自説道：『看這漢子一身血迹，却是那裏來？莫不做賊着了手來？』武松衹不做聲，由他們自説。行不到三五里路，早到一所草屋内，把武松推將進去。側首一個小門裏面，點着碗燈，四個男女將武松剥了衣裳，綁在亭柱上。武松看時，見竈邊梁上，挂着兩條人腿。武松自肚裏尋思道：『却撞在横死神手裏，死得没了分曉！早知如此時，不若去孟州府裏首告了，便吃一刀一剮，却也留得一個清名于世。』

那四個男女提着那包裹，口裏叫道：『大哥、大嫂快起來，我們張得一個好行貨在這裏了。』衹聽得前面應道：『我來也！你們不要動手，我自來開剥。』没一盞茶時，衹見兩個人入屋後來。武松看時，前面一個婦人，背後一個大漢。兩個定睛看了武松，那婦人便道：『這個不是叔叔武都頭？』那大漢道：『快解了我兄弟。』武松看時，那大漢不是别人，却正是菜園子張青，這婦人便是母夜叉孫二娘。這四個男女吃了一驚，便把索子解了，將衣服與武松穿了。頭巾已自扯碎，且拿個氈笠子與他戴上。便請出前面客席裏，叙禮罷，張青大驚，連忙問道：『賢弟如何恁地模樣？』

武松答道：『一言難盡。自從與你相别之後，到得牢城營裏，得蒙施管營兒子唤做金眼彪施恩，一見如故，每日好酒好肉管顧我。爲是他有一座酒肉店，在城東快活林内，甚是趁錢，却被一個張團練帶來的蔣門神那廝，倚勢豪强，公然白白地奪了。施恩如此告訴。我却路見不平，我醉打了蔣門神，復奪了快活林。施恩以此敬重我。後被張團練買囑張都監，定了計謀，取我做親隨，設智陷害，替蔣門神報仇。八月十五日夜，衹推有賊，賺我到裏面，却把銀酒器皿預先放在我箱籠内，拿我解送孟州府裏，强扭做賊，打招了監在牢裏。却得施恩上下使錢透了，不曾受苦。又得當案葉孔目仗義疏財，不肯陷害平人。又得當牢一個康節級，與施恩最好。兩個一力維持，待六十

日限滿，脊杖二十，轉配恩州。昨夜出得城來，叵耐張都監設計，教蔣門神使兩個徒弟和防送公人相幫，就路上要結果我。到得飛雲浦僻静去處，正欲要動手。先被我兩脚把兩個公人踢下水裏去。趕上這兩個鳥男女，也是一樸刀一個搠死了，都撇在水裏。思量這口鳥氣怎地出得，因此再回孟州城裏去。一更四點進去，馬院裏先殺了一個養馬的後槽。爬入墻内去，就厨房裏殺了兩個丫鬟。直上鴛鴦樓上，把張都監、張團練、蔣門神三個都殺了，又砍了兩個親隨。下樓來，又把他老婆、兒女、養娘都戳死了。連夜逃走，跳城出來，走了一五更路。一時困倦，棒瘡發了又疼，因行不得，投一小廟裏權歇一歇。却被這四個綁縛了來。』

那四個擣子便拜在地下道：『我們四個都是張大哥的火家，因爲連日賭錢輸了，去林子裏尋些買賣。却見哥哥從小路來，身上淋淋漓漓都是血迹，却在土地廟裏歇，我四個不知是甚人。早是張大哥這幾時分付道：「衹要捉活的。」不分付時，也壞了大哥性命。因此我們衹拿撓鈎、套索出去。正是有眼不識泰山，一時誤犯着哥哥，恕罪則個！』張青夫妻兩個笑道：『我們因有挂心，這幾時衹要他們拿活的行貨。他這四個如何省的，那裏知我心裏事。若是我這兄弟不困乏時，不説你這四個男女，更有四十個也近他不得。因此我叫你們等我自來。』武松道：『既然如此，他們没錢去賭，我賞你些。』便把包裹打開，取十兩銀子把與四人將去分。那四個擣子拜謝武松。張青看了，也取三二兩銀子，賞與他們四個自去分了。

張青道：『賢弟不知我心。從你去後，我衹怕你有些失支脱節，或早或晚回來。因此上分付這幾個男女，但凡拿得行貨，衹要活的。那厮們慢仗些的，趁活捉了；敵他不過的，必致殺害。以此不教他們將刀仗出去，衹與他撓鈎、套索。方才聽得説，我便心疑，連忙分付等我自來看，誰想果是賢弟。我見一向無信，衹道在孟州快活了，無事不寄書來。不期如此受苦。』孫二娘道：『衹聽得叔叔打了蔣門神，又是醉了贏他，那一個來往人不吃驚。有在快活林做買賣的客商，衹説到這裏，却不知向後的事。叔叔困倦，且請去客房裏將息，却再理會。』張青引武松

去客房裏睡了。兩口兒自去厨下安排些佳肴美饌酒食，管待武松。不移時，整治齊備，專等武松起來相叙。有詩爲證：

逃生潛越孟州城，虎穴狼坡暮夜行。珍重佳人識音語，便開綁縛叙高情。

却説孟州城裏張都監衙内，也有躲得過的，直到五更，才敢出來。衆人叫起裏面親隨，外面當直的軍牢，都來看視，聲張起來。街坊鄰舍，誰敢出來。捱到天明時分，却來孟州府裏告狀。知府聽説罷大驚，火速差人下來，檢點了殺死人數，行凶人出没去處，填畫了圖樣格目，回府裏稟復知府道：『先從馬院裏入來，就殺了養馬的後槽一人，有脱下舊衣二件。次到厨房裏，竈下殺死兩個丫鬟。後門邊遺下行凶缺刀一把。樓上殺死張都監一員，并親隨二人，外有請到客官張團練與蔣門神二人。白粉壁上，衣襟蘸血，大寫八字道：「殺人者，打虎武松也！」樓下搠死夫人一口。在外搠死玉蘭并奶娘二口，兒女三口。共計殺死男女一十五名，擄掠去金銀酒器六件。』知府看罷，便差人把住孟州四門，點起軍兵等官并緝捕人員，城中坊廂裏正，逐一排門搜捉凶人武松。

次日，飛雲浦地裏保正人等告稱：『殺死四人在浦内，見有殺人血痕在飛雲浦橋上，尸首俱在水中。』知府接了狀子，當差本縣縣尉下來，一面着人打撈起四個尸首，都檢驗了。兩個是本府公人，兩個自有苦主，各備棺木，盛殮了尸首，盡來告狀，催促捉拿凶首償命。城裏閉門三日，家至户到，逐一挨查。五家一連，十家一保，那裏不去搜尋。眼見得施管營暗地使錢，不出城裏，捉獲不着。知府押了文書，委官下該管地面，各鄉各保都各村，盡要排家搜捉，緝捕凶首。寫了武松鄉貫年甲，貌相模樣，畫影圖形，出三千貫信賞錢。如有人知得武松下落，赴州告報，隨文給賞；如有人藏匿犯人在家宿食者，事發到官，與犯人同罪。遍行鄰近州府，一同緝捕。

且説武松在張青家裏將息了三五日，打聽得事務篾刺一般緊急，紛紛攘攘，有做公人出城來各鄉村緝捕。張青知得，衹得對武松説道：『二哥，不是我怕事不留你安身。如今官司搜捕得緊急，排門挨户，衹恐明日有些疏失，必須怨恨我夫妻兩個。我却尋個好安身去處與你，在先也曾對你説來，衹不知你中心肯去也不？』武松道：『我

這幾日也曾尋思，想這事必然要發，如何在此安得身牢？止有一個哥哥，又被嫂嫂不仁害了。甫能來到這裏，又被人如此陷害。祖家親戚都没了。今日若得哥哥有這好去處叫武松去，我如何不肯去？衹不知是那裏地面？』張青道：『是青州管下一座二龍山寶珠寺，花和尚魯智深和一個青面獸好漢楊志，在那裏打家劫舍，霸着一方落草。青州官軍捕盗，不敢正眼覷他。賢弟衹除去那裏安身立命，方才免得這罪犯。若投别處去，終久要吃拿了。他那裏常常有書來取我入伙，我衹爲戀土難移，不曾去的。我寫一封書去，備細説二哥的本事。于我面上，如何不着你入伙。那裏去做個頭領，誰敢來拿你！』武松道：『大哥也説的是。我也有心，恨時辰未到，緣法不能凑巧。今日既是殺了人，事發了，没潛身處，此爲最妙。大哥，你便寫書與我去，衹今日便行。』

張青隨即取幅紙來，備細寫了一封書，把與武松，安排酒食送路。衹見母夜叉孫二娘指着張青説道：『你如何便衹這等叫叔叔去？前面定吃人捉了！』武松道：『阿嫂，你且説我怎地去不得？如何便吃人捉了？』孫二娘道：『阿叔，如今官司遍處都有了文書，出三千貫信賞錢，畫影圖形，明寫鄉貫年甲，到處張挂。阿叔臉上現今明明地兩行金印，走到前路，須賴不過。』張青道：『臉上貼了兩個膏藥便了。』孫二娘笑道：『天下衹有你乖，你説這痴話！這個如何瞞得過做公的。我却有個道理，衹怕叔叔依不得。』武松道：『我既要逃灾避難，如何依不得？』孫二娘大笑道：『我説出來，阿叔却不要嗔怪。』武松道：『阿嫂，但説的便依。』孫二娘道：『二年前，有個頭陀打從這裏過，吃我放翻了，把來做了幾日饅頭餡。却留得他一個鐵戒箍，一身衣服，一領皂布直裰，一條雜色短繐縧，一本度牒，一串一百單八顆人頂骨數珠，一個沙魚皮鞘子插着兩把雪花鑌鐵打成的戒刀。這刀如常半夜裏鳴嘯的響。叔叔既要逃難，衹除非把頭髮剪了，做個行者，須遮得額上金印，又且得這本度牒做護身符，年甲貌相又和叔叔相等，却不是前緣前世。阿叔便應了他的名字，前路去誰敢來盤問。這件事好麽？』張青拍手道：『二嫂説得是。我倒忘了這一着。』正是：

緝捕急如星火，顛危好似風波。若要免除灾禍，且須做個頭陀。

張青道：「二哥，你心裏如何？」武松道：「這個也使得，衹恐我不像出家人模樣。」張青道：「我且與你扮一扮看。」孫二娘去房中取出包袱來打開，將出許多衣裳，教武松裏外穿了。武松自看道：「却一似與我身上做的！」着了皂直裰，系了縧，把氈笠兒除下來，解開頭髮，折迭起來，將戒箍兒箍起，挂着數珠。張青、孫二娘看了，兩個喝采道：「却不是前生注定！」武松討面鏡子照了，也自哈哈大笑起來。張青道：「二哥爲何大笑？」武松道：「我照了自也好笑，我也做得個行者！大哥便與我剪了頭髮。」張青拿起剪刀，替武松把前後頭髮都剪了。

武松見事務看看緊急，便收拾包裹要行。張青又道：「二哥，你聽我說。不是我要便宜，你把那張都監家裏的酒器留下在這裏，我換些零碎銀兩與你去路上做盤纏，萬無一失。」武松道：「大哥見的分明。」盡把出來與了張青，換了一包散碎金銀，都拴在纏袋內，系在腰裏。武松飽吃了一頓酒飯，拜辭了張青夫妻二人，腰裏跨了這兩口戒刀，當晚都收拾了。孫二娘取出這本度牒，就與他縫個錦袋盛了，教武松挂在貼肉胸前。武松拜謝了他夫妻兩個。臨行，張青又分付道：「二哥于路小心在意，凡事不可托大。酒要少吃，休要與人争鬧，也做些出家人行徑。諸事不可躁性，省得被人看破了。如到了二龍山，便可寫封回信寄來。我夫妻兩個在這裏也不是長久之計，敢怕隨後收拾家私也來山上入伙。二哥，保重，保重！千萬拜上魯、楊二頭領。」

武松辭了出門，插起雙袖，摇擺着便行。張青夫妻看了，喝采道：「果然好個行者！」但見：

前面髮掩映齊眉，後面髮參差際頸。皂直裰好似烏雲遮體，雜色縧如同花蟒纏身。額上戒箍兒燦爛，依稀火眼金睛；身間布衲襖斑斕，仿佛銅筋鐵骨。戒刀兩口，擎來殺氣横秋；頂骨百顆，念處悲風滿路。神通廣大，遠過回生起死佛圖澄；相貌威嚴，好似伏虎降龍盧六祖。直饒揭帝也歸心，便是金剛須拱手。

當晚武行者辭了張青夫妻二人，離了大樹十字坡，便落路走。此時是十月間天氣，日正短，轉眼便晚了。約行不到五十里，早望見一座高嶺。武行者趁着月明，一步步上嶺來，料道衹是初更天色。武行者立在嶺頭上看時，見月從東邊上來，照得嶺上草木光輝。當下武行者正在嶺上看着月明，衹聽得前面林子裏有人笑聲。武行者道：『又來作怪！這般一條靜蕩蕩高嶺，有什麼人笑語？』走過林子那邊去，打一看，衹見松樹林中，傍山一座墳庵，約有十數間草屋，推開着兩扇小窗，一個先生摟着一個婦人，在那窗前看月戲笑。武行者見了，怒從心上起，惡向膽邊生，便想道：『這是山間林下出家人，却做這等勾當！』便去腰裏掣出那兩口爛銀也似戒刀來，在月光下看了道：『刀却自好，到我手裏不曾發市，且把這個鳥先生試刀！』手腕上懸了一把，再將這把插放鞘內，把兩隻直裰袖結起在背上，竟來到庵前敲門。那先生聽得，便把後窗關上。

武行者拿起塊石頭，便去打門。衹見呀地側首門開，走出一個道童來，喝道：『你是甚人？如何敢半夜三更，大驚小怪，敲門打户做什麼？』武行者睁圓怪眼，大喝一聲：『先把這鳥道童祭刀！』説猶未了，手起處，錚地一聲響，道童的頭落在一邊，倒在地下。衹見庵裏那個先生大叫道：『誰敢殺了我道童！』托地跳將出來。那先生手輪着兩口寶劍，竟奔武行者。武松大笑道：『我的本事不要箱兒裏去取，正是撓着我的癢處！』便去鞘裏再拔了那口戒刀，輪起雙戒刀，來迎那先生。兩個就月明之下，一來一往，一去一回，兩口劍寒光閃閃，雙戒刀冷氣森森。鬥了良久，渾如飛鳳迎鸞，戰不多時，好似角鷹拿兔。兩個鬥了十數合，衹聽得山嶺傍邊一聲響亮，兩個裏倒了一個。但見：

寒光影裏，紛紛紅雨噴人腥；殺氣叢中，一顆人頭從地滾。

畢竟兩個裏斷殺倒了一個的是誰，且聽下回分解。

第三十二回　武行者醉打孔亮　錦毛虎義釋宋江

此回完武松，入宋江，衹是交代文字，故無异様出奇之處。然我觀其寫武松酒醉一段，又何其寓意深遠也。蓋上文武松一傳，共有十來卷文字，始于打虎，終于打蔣門神。其打虎也，因『三碗不過岡』五字，遂至大醉，大醉而後打虎，甚矣，醉之爲用大也！其打蔣門神也，又因『無三不過望』五字，至于大醉，大醉而後打蔣門神，又甚矣，醉之爲用大也！雖然古之君子，才不可以終恃，力不可以終恃，權勢不可終恃，恩寵不可終恃。蓋天下之大，曾無一事可以終恃，斷斷如也。乃今武松一傳，偏獨始于大醉，終于大醉，將毋教天下以大醉獨可終恃乎哉？是故怪力可以徒搏大蟲，而有時亦失手于黄狗，神威可以單奪雄鎮，而有時亦受縛于寒溪。蓋借事以深戒後世之人，言天人如武松，猶尚無十分滿足之事，奈何紜紜者，曾不一慮之也！

下文將入宋江傳矣。夫江等之終皆不免于竄聚水泊者，有迫之必入水泊者也。若江等生平一片之心，則固皎然如冰在玉壺，千世萬世，莫不共見。故作者特于武松落草處順手表暴一通，凡以深明彼江等一百八人，皆有大不得已之心，而不必其後文之必應之也。乃後之手閑面厚之徒，無端便因此等文字，遽續一部，唐突才子，人之無良，于斯極矣！

話説當時兩個鬥了十數合，那先生被武行者賣個破綻，讓那先生兩口劍砍將入來，被武行者轉過身來，看得親切，衹一戒刀，那先生的頭滾落在一邊，尸首倒在石上。武行者大叫：『庵裏婆娘出來！我不殺你，衹問你個緣故。』衹見庵裏走出那個婦人來，倒地便拜。武行者道：『你休拜我。你且説這裏是什麼去處？那先生却是你的什麼人？』那婦人哭着道：『奴是這嶺下張太公家女兒。這庵是奴家祖上墳庵。這先生不知是那裏人，來我家裏投宿，言説善習陰陽，能識風水。我家爹娘不合留他在莊上，因請他來這裏墳上觀看地理，被他説誘，又留他住了幾日。那厮一日見了奴家，便不肯去了。住了三兩個月，把奴家爹娘哥嫂都害了性命，却把奴家强騙在此墳庵裏住。這個道童也是別處擄掠來的。這嶺喚做蜈蚣嶺。這先生見這條嶺好風水，以此他便自號飛天蜈蚣王道人。』武行者道：『你還有親眷麼？』那婦人道：『親戚自有幾家，都是莊農之人，誰敢和他爭論。』武行者道：『這厮有些財帛麼？』婦人道：『他已積蓄得一二百兩金銀。』武行者道：『有時，你快去收拾，我便要放火燒庵也。』那婦人問道：『師父，你要酒肉吃麼？』武行者道：『有時，將來請我。』那婦人道：『請師父進庵裏去吃。』武行者道：『怕別有人暗算我麼？』那婦人道：『奴有幾顆頭，敢賺得師父！』武行者隨那婦人入到庵裏，見小窗邊桌子上擺着酒肉。武行者討大碗吃了一回。那婦人收拾得金銀財帛已了，武行者便就裏面放起火來。那婦人捧着一包金銀，獻與武行者乞性命。武行者道：『我不要你的，你自將去養身。快走，快走！』那婦人拜謝了，自下嶺去。武行者把那兩個尸首，都攛在火裏燒了，插了戒刀，連夜自過嶺來。迤邐取路，望着青州地面來。

又行了十數日，但遇村房道店，市鎮鄉村，果然都有榜文張挂在彼處，捕獲武松。到處雖有榜文，武松已自做了行者，于路却没人盤詰他。時遇十一月間，天氣好生嚴寒。當日武松一路上買酒買肉吃，祇是敵不過寒威。上得一條土岡，早望見前面有一座高山，生得十分險峻。武行者下土岡子來，走得三五裏路，早見一個酒店，門前一道清溪，屋後都是顛石亂山。看那酒店時，却是個村落小酒肆。但見：

門迎溪澗，山映茅茨。疏籬畔梅開玉蕊，小窗前松偃蒼龍。烏皮桌椅，盡列着瓦鉢磁甌；黃泥墻壁，都畫着酒仙詩客。一條青旆舞寒風，兩句詩詞招過客。端的是：走驛騎聞香須住馬，使風帆知味也停舟。

武行者過得那土岡子來，徑奔入那村酒店裏坐下，便叫道：『酒店主人家，先打兩角酒來，肉便買些來吃。』店主人應道：『實不瞞師父說，酒却有些茅柴白酒，肉却都賣没了。』武行者道：『且把酒來擋寒。』店主人便去打兩角酒，大碗價篩來，教武行者吃，將一碟熟菜與他過口。片時間吃盡了兩角酒，又叫再打兩角酒來。店主人又打了兩角酒，大碗篩來。武行者祇顧吃。比及過岡子時，先有三五分酒了，一發吃過這四角酒，又被朔風一吹，酒却涌上。武松却大呼小叫道：『主人家，你真個没東西賣，你便自家吃的肉食，也回些與我吃了，一發還你銀子！』店主人笑道：『也不曾見這個出家人，酒和肉祇顧要吃。却那裏去取？師父，你也祇好罷休！』武行者道：『我又不白吃你的！如何不賣與我？』店主人道：『我和你說過，祇有這些白酒，那得別的東西賣！』正在店裏論口，祇見外面走入一條大漢，引着三四個人入店裏來。武行者看那大漢時，但見：

頂上頭巾魚尾赤，身上戰袍鴨頭綠。脚穿一對踢土靴，腰系數尺紅搭膊。面圓耳大，唇闊口方。長七尺以上身材，有二十四五年紀。相貌堂堂强壯士，未侵女色少年郎。

那條大漢引着衆人入進店裏，主人笑容可掬，迎接道：『大郎請坐。』那漢道：『我分付你的，安排也未？』店主人答道：『鷄與肉都已煮熟了，祇等大郎來。』那漢道：『我那青花瓮酒在那裏？』店主人道：『有在這裏。』那漢引了衆人，便向武行者對席上頭坐了。那同來的三四人却坐在肩下。店主人却捧出一樽青花瓮酒來，開了泥頭，傾在一個大白盆裏。武行者偷眼看時，却是一瓮窨下的好酒，被風吹過酒的香味來。武行者聞了那酒香味，喉嚨癢將起來，恨不得鑽過來搶吃。祇見店主人又去厨下把盤子托出一對熟鷄、一大盤精肉來，放在那漢面前，便擺下菜蔬，用杓子舀酒去蕩。武行者看了自己面前，祇是一碟兒熟菜，不由得不氣。正是眼飽肚中飢。武行者酒又發作，恨不得一拳打碎了那桌子，大叫道：『主人家！你來！你這厮好欺負客人！豈我不還你錢！』店主人連忙來問道：『師父休要焦躁。要酒便好說。』武行者睜着雙眼喝道：『你這厮好不曉道理！這青花瓮酒和鷄肉之類如何不賣與我？我也一般還你銀子！』店主人道：『青花瓮酒和鷄肉都是那大郎家裏自將來的，祇借我店裏坐地吃酒。』武行者心中要吃，那裏聽他分說，一片聲喝道：『放屁，放屁！』店主人道：『也不曾見你這個出家人恁地蠻法！』武行者喝道：『怎地是老爺蠻法？我白吃你的？』那店主人道：『我倒不曾見出家人自稱「老爺」！』武行者聽了，跳起身來，叉開五指，望店主人臉上祇一掌，把那店主人打個踉蹌，直撞過那邊去。

那對席的大漢見了大怒。看那店主人時，打得半邊臉都腫了，半日掙扎不起。那大漢跳起身來，指定武松道：『你這個鳥頭陀好不依本分，却怎地便動手動脚的！却不道是出家人勿起嗔心！』武行者道：『我自打他，干你甚事！』那大漢怒道：『我好意勸你，你這鳥頭陀敢把言語傷我！』武行者聽得大怒，便把桌子推開，走出來喝道：『你那廝説誰？』那大漢笑道：『你這鳥頭陀要和我廝打，正是來太歲頭上動土！』那大漢便點手叫道：『你這賊行者出來！和你説話！』武行者喝道：『你道我怕你，不敢打你？』一搶搶到門邊。那大漢便閃出門外去。武行者趕到門外。那大漢見武松長壯，那裏敢輕敵，便做個門户等着他。武行者搶入去，接住那漢手。那大漢却待用力跌武松，怎禁得他千百斤神力，就手一扯，扯入懷中，衹一撥，撥將去，恰似放翻小孩子的一般，那裏做得半分手脚。那三四個村漢看了，手顫脚麻，那裏敢上前來。武行者踏住那大漢，提起拳頭來，衹打實落處，打了二三十拳，就地下提起來，望門外溪裏衹一丢。那三四個村漢叫聲苦，不知高低，都下溪裏來救起那大漢，就攙扶着投南去了。這店主人吃了這一掌，打得麻了，動彈不得，自入屋後去躲避了。

武行者道：『好呀！你們都去了，老爺却吃酒肉！』把個碗去白盆内舀那酒來衹顧吃。桌子上那對鷄、一盤子肉，都未曾吃動。武行者且不用箸，雙手扯來任意吃。没半個時辰，把這酒肉和鷄都吃個八分。武行者醉飽了，把直裰袖結在背上，便出店門，沿溪而走。却被那北風卷將起來。武行者捉脚不住，一路上搶將來。離那酒店走不得四五里路，旁邊土墻裏走出一隻黄狗，看着武松叫。武行者看時，一隻大黄狗趕着吠。武行者大醉，正要尋事，恨那隻狗趕着他衹管吠，便將左手鞘裏掣出一口戒刀來，大踏步趕。那隻黄狗繞着溪岸叫。武行者一刀砍將去，却砍個空，使得力猛，頭重脚輕，翻筋斗倒撞下溪裏去，却起不來。冬月天道，溪水正涸，雖是衹有一二尺深淺的水，却寒冷的當不得。爬起來，淋淋的一身水。却見那口戒刀浸在溪裏，武行者便低頭去撈那刀時，撲地又落下去了，衹在那溪水裏滚。

岸上側首墻邊轉出一伙人來。當先一個大漢，頭戴氈笠子，身穿鵝黄紵絲衲襖，手裏拿着一條哨棒，背後十數個人跟着，都拿木杷白棍。數内一個指道：『這溪裏的賊行者，便是打了小哥哥的。如今小哥哥尋不見大哥哥，自引了二三十個莊客徑奔酒店裏捉他去了，他却來到這裏！』説猶未了，衹見遠遠地那個吃打的漢子，换了一身衣服，手裏提着一條樸刀，背後引着三二十個莊客，都是有名的漢子。怎見的？正是叫做：

長王三，矮李四，急三千，慢八百，笆上糞，屎裏蛆，米中蟲，飯内屁，鳥上刺，沙小生，木伴哥，牛筋等。

這一二十個盡是爲頭的莊客，餘者皆是村中搗子。都拖槍拽棒，跟着那個大漢吹風唿哨來尋武松。趕到墻邊見了，那漢指着武松，對那穿鵝黄襖子的大漢道：『這個賊頭陀正是打兄弟的。』那個大漢道：『且捉這廝，去莊裏細細拷打。』那漢喝聲：『下手！』三四十人一發上。可憐武松醉了，掙扎不得，急要爬起來，被衆人一齊下手，横拖倒拽，捉上溪來。轉過側首墻邊，一所大莊院，兩下都是高墻粉壁，垂柳喬松，圍繞着墻院。衆人把武松推搶入去，剥了衣裳，奪了戒刀、包裹，揪過來綁在大柳樹上，教取一束藤條來，細細的打那廝。

却才打得三五下，衹見莊裏走出一個人來，問道：『你兄弟兩個又打什麽人？』衹見這兩個大漢叉手道：『師父聽禀：兄弟今日和鄰莊三四個相識，去前面小路店裏吃三杯酒，叵耐這個賊行者到來尋鬧，把兄弟痛打了一頓，又將來攧在水裏，頭臉都磕破了，險不凍死，却得相識救了回來。歸家换了衣服，帶了人再去尋他。那廝把我酒肉都吃了，却大醉倒在門前溪裏，因此捉拿在這裏，細細的拷打。看起這賊頭陀來，也不是出家人，臉上見刺着兩個金印，這賊却把頭髮披下來遮了，必是個避罪在逃的囚徒。問出那廝根原，解送官司理論。』這個吃打傷的大漢道：『問他做什麽！這秃賊打得我一身傷損，不着一兩個月將息不起。不如把這秃賊一頓打死了，一把火燒了罷，才與我消得這口恨氣！』説罷，拿起藤條，恰待又打。衹見出來的那人説道：『賢弟且休打，待我看他一看。這人也像是一個好漢。』

此時武行者心中，已自酒醒了，理會得，衹把眼來閉了，由他打，衹不做聲。那個人先去背上看了杖瘡，便道：『作怪！這模樣想是決斷不多時的疤痕。』轉過面前看了，便將手把武松頭髮揪起來，定睛看了，叫道：『這個不是我兄弟武二郎？』武行者方才閃開雙眼，看了那人道：『你不是我哥哥？』那人喝叫：『快與我解下來！這是我的兄弟。』那穿鵝黃襖子的并吃打的盡皆吃驚，連忙問道：『這個行者如何却是師父的兄弟？』那人便道：『他便是我時常和你們説的，那景陽岡上打虎的武松。我也不知他如今怎地做了行者。』那弟兄兩個聽了，慌忙解下武松來，便討幾件乾衣服與他穿了，便扶入草堂裏來。武松便要下拜。那個人驚喜相半，扶住武松道：『兄弟酒還未醒，且坐一坐説話。』武松見了那人，歡喜上來，酒早醒了五分。討些湯水洗漱了，吃些醒酒之物，便來拜了那人，相叙舊話。

那人不是别人，正是鄆城縣人氏，姓宋名江，表字公明。武行者道：『衹想哥哥在柴大官人莊上，却如何來在這裏？兄弟莫不是和哥哥夢中相會麼？』宋江道：『我自從和你在柴大官人莊上分别之後，我却在那裏住得半年。不知家中如何，恐父親煩惱，先發付兄弟宋清歸去。後却收拾得家中書信，説道：「官司一事，全得朱、雷二都頭氣力，已自家中無事，衹要緝捕正身。因此已動了個海捕文書，各處追獲。」這事已自慢了。却有這裏孔太公屢次使人去莊上問信，後見宋清回家，説道宋江在柴大官人莊上，因此特地使人直來柴大官人莊上取我在這裏。此間便是白虎山。這莊便是孔太公莊上。恰才和兄弟相打的便是孔太公小兒子，因他性急，好與人厮鬧，到處叫他做獨火星孔亮。這個穿鵝黃襖子的便是孔太公大兒子，人都叫他做毛頭星孔明。因他兩個好習槍棒，却是我點撥他些個，以此叫我做師父。我在此間住半年了。我如今正欲要上清風寨走一遭，這兩日方欲起身。我在柴大官人莊上時，衹聽得人傳説道，兄弟在景陽岡上打了大蟲，又聽知你在陽谷縣做了都頭，又聞鬥殺了西門慶。向後不知你配到何處去。兄弟如何做了行者？』

武松答道：『小弟自從柴大官人莊上别了哥哥去，到得景陽岡上打了大蟲，送去陽谷縣，知縣就抬舉我做了都頭。後因嫂嫂不仁，與西門慶通奸，藥死了我先兄武大，被武松把兩個都殺了，自首告到本縣，轉申東平府。後得陳府尹一力救濟，斷配孟州。』至十字坡怎生遇見張青、孫二娘；到孟州怎地會施恩，怎地打了蔣門神，如何殺了張都監一十五口，又逃在張青家，母夜叉孫二娘教我做了頭陀行者的緣故；過蜈蚣嶺，試刀殺了王道人；至村店吃酒，醉打了孔兄。把自家的事，從頭備細告訴了宋江一遍。孔明、孔亮兩個聽了大驚，撲翻身便拜。武松慌忙答禮道：『却才甚是衝撞。休怪，休怪！』孔明、孔亮道：『我弟兄兩個有眼不識泰山，萬望恕罪！』武行者道：『既然二位相覷武松時，却是與我烘焙度牒、書信，并行李、衣服，不可失落了那兩口戒刀，這串數珠。』孔明道：『這個不須足下挂心，小弟已自着人收拾去了，整頓端正拜還。』武行者拜謝了。宋江請出孔太公，都相見了。孔太公置酒設席管待，不在話下。

當晚宋江邀武松同榻，叙説一年有餘的事，宋江心内喜悦。武松次日天明起來，都洗漱罷，出到中堂，相會吃早飯。孔明自在那裏相陪。孔亮捱着疼痛，也來管待。孔太公便叫殺羊宰猪，安排筵宴。是日，村中有幾家街坊親戚都來相探，又有幾個門下人亦來謁見。宋江心中大喜。當日筵宴散了，宋江問武松道：『二哥今欲要往何處去安身立命？』武松道：『昨日已對哥哥説了，菜園子張青寫書與我，着兄弟投二龍山寶珠寺花和尚魯智深那裏入伙。他也隨後便上山來。』宋江道：『也好。我不瞞你説，我家近日有書來，説道青風寨知寨小李廣花榮他知道我殺了閻婆惜，每每寄書來與我，千萬教我去寨裏住幾時。此間又離清風寨不遠，我這兩日正待要起身去，因見天氣陰晴不定，未曾起程。早晚要去那裏走一遭。不若和你同往，如何？』武松道：『哥哥怕不是好情分，帶携兄弟投那裏去住幾時。衹是武松做下的罪犯至重，遇赦不宥，因此發心衹是投二龍山落草避難。亦且我又做了頭陀，難以和哥哥同往，路上被人設疑。便是跟着哥哥去，倘或有些決撒了，須連累了哥哥。便是哥哥與兄弟同死同生，也須累及了花榮山寨不好。衹是由兄弟投二龍山去了罷。天可憐見，异日不死，受了招安，那時却來尋訪哥哥未遲。」宋江道：「兄弟既有此心歸順朝廷，皇天必佑。若如此行，不可苦諫。你衹相陪我住幾日了去。」

自此，兩個在孔太公莊上，一住過了十日之上，宋江與武松要行，相辭孔太公父子。孔明、孔亮那裏肯放，又留住了三五日。宋江堅執要行，孔太公苦留不住，衹得安排筵席送行了。次日，將出新做的一套行者衣服，皂布直裰，并帶來的度牒、書信、戒箍、數珠、戒刀、金銀之類，交還武松。又各送銀五十兩，權爲路費。宋江推卻不受。孔太公父子那裏肯，衹顧將來拴縛在包裹裏。宋江整頓了衣服、器械，武松依前穿了行者的衣裳，帶上鐵戒箍，挂了人頂骨數珠，跨了兩口戒刀，收拾了包裹，拴在腰裏。宋江提了樸刀，懸口腰刀，帶上氈笠子，辭別了孔太公。孔明、孔亮叫莊客背了行李，弟兄二人直送了二十餘里路，拜辭了宋江、武行者兩個。宋江自把包裹背了，說道：「不須莊客遠送，我自和武兄弟去。」孔明、孔亮相別，自和莊客歸家，不在話下。

衹說宋江和武松兩個在路上行着，于路說些閑話，走到晚，歇了一宵。次日早起，打伙又行。兩個吃罷飯，又走了四五十裏，卻來到一市鎮上，地名唤做瑞龍鎮，卻是個三岔路口。宋江借問那裏人道：「小人們欲投二龍山、清風寨上，不知從那條路去？」那鎮上人答道：「這兩處不是一條路去了。這裏要投二龍山去，衹是投西落路；若要投清風鎮去，須用投東落路，過了清風山便是。」宋江聽了備細，便道：「兄弟，我和你今日分手，就這裏吃三杯相別。」詞寄《浣溪沙》，單題別意：

握手臨期話別難，山林景物正闌珊，壯懷寂寞客衣單。旅次愁來魂欲斷，郵亭宿處鋏空彈，獨憐長夜苦漫漫。

武行者道：「我送哥哥一程了卻回來。」宋江道：「不須如此。自古道：送君千裏，終有一別。兄弟，你衹顧自己前程萬裏，早早的到了彼處。入伙之後，少戒酒性。如得朝廷招安，你便可攛掇魯智深、楊志投降了，日後但是去邊上，一槍一刀，博得個封妻蔭子，久後青史上留得一個好名，也不枉了爲人一世。我自百無一能，雖有忠心，不能得進步。兄弟，你如此英雄，決定得做大官。可以記心，聽愚兄之言，圖個日後相見。」武行者聽了，酒店上飲了數杯，還了酒錢，二人出得店來，行到市鎮梢頭三岔路口，武行者下了四拜。宋江灑淚，不忍分別，又分付武松道：「兄弟，休忘愚兄之言，少戒酒性。保重，保重！」武行者自投西去了。看官牢記話頭，武行者自來二龍山投魯智深、楊志入伙了，不在話下。

且說宋江自別了武松，轉身投東，望清風山路上來，于路衹憶武行者。又自行了幾日，卻早遠遠的望見清風山。看那山時，但見：

八面嵯峨，四圍險峻。古怪喬松盤翠蓋，杈枒老樹挂藤蘿。瀑布飛流，寒氣逼人毛髮冷；巔崖直下，清光射目夢魂驚。澗水時聽，樵人斧響；峰巒倒卓，山鳥聲哀。麋鹿成群，狐狸結黨，穿荊棘往來跳躍，尋野食前後呼號。佇立草坡，一望并無商旅店；行來山坳，周回盡是死屍坑。若非佛祖修行處，定是强人打劫場。

宋江看了前面那座高山，生得古怪，樹木稠密，心中歡喜，觀之不足，貪走了幾程，不曾問的宿頭。看看天色晚了，宋江心内驚慌，肚裏尋思道：「若是夏月天道，胡亂在林子裏歇一夜。卻恨又是仲冬天氣，風霜正冽，夜間寒冷，難以打熬。倘或走出一個毒蟲虎豹來時，如何抵當？卻不害了性命。」衹顧望東小路裏撞將去，約莫走了也是一更時分，心裏越慌，看不見地下，躧了一條絆脚索。樹林裏銅鈴響，走出十四五個伏路小嘍囉來，發聲喊，把宋江捉翻，一條麻索縛了，奪了樸刀、包裹，吹起火把，將宋江解上山來。宋江衹得叫苦。卻早押到山寨裏。

宋江在火光下看時，四下裏都是木栅，當中一座草廳，廳上放着三把虎皮交椅，後面有百十間草房。小嘍囉把宋江捆做粽子相似，將來綁在將軍柱上。有幾個在廳上的小嘍囉說道：「大王方才睡，且不要去報。等大王酒醒時，卻請起來，剖這牛子心肝做醒酒湯，我們大家吃塊新鮮肉。」宋江被綁在將軍柱上，心裏尋思道：「我的造物衹如此偃蹇！衹爲殺了一個烟花婦人，變出得如此之苦！誰想這把骨頭卻落在這裏，斷送了殘生性命。」衹見小嘍囉點起燈燭熒煌。宋江已自凍得身體麻木了，動彈不得，衹把眼來四下裏張望，低了頭嘆氣。

約有二三更天氣，衹見廳背後走出三五個小嘍囉來，叫道：『大王起來了！』便去把廳上燈燭剔得明亮。宋江偷眼看時，見那個出來的大王，頭上綰着鵝梨角兒，一條紅絹帕裹着，身上披着一領棗紅紵絲衲襖，便來坐在當中虎皮交椅上。看那大王時，生得如何？但見：

赤髮黄鬚雙眼圓，臂長腰闊氣衝天。江湖稱作錦毛虎，好漢原來却姓燕。

那個好漢祖貫山東萊州人氏，姓燕名順，綽號錦毛虎。原是販羊馬客人出身，因爲消折了本錢，流落在緑林叢内打劫。那燕順酒醒起來，坐在中間交椅上，問道：『孩兒們那裏拿得這個牛子？』小嘍囉答道：『孩兒們正在後山伏路，衹聽得樹林裏銅鈴響。原來這個牛子獨自個背些包裹，撞了繩索，一跤絆翻，因此拿得來獻與大王做醒酒湯。』燕順道：『正好。快去與我請得二位大王來同吃。』小嘍囉去不多時，衹見廳側兩邊走出兩個好漢來。左邊一個五短身材，一雙光眼。怎生打扮？但見：

駝褐衲襖錦綉補，形貌崢嶸性粗滷。貪財好色最强梁，放火殺人王矮虎。

這個好漢祖貫兩淮人氏，姓王名英。爲他五短身材，江湖上叫他做矮脚虎。原是車家出身，爲因半路裏見財起意，就勢劫了客人，事發到官，越獄走了，上清風山，和燕順占住此山，打家劫舍。左邊這個生得白凈面皮，三牙掩口髭鬚，瘦長膀闊，清秀模樣，也裹着頂絳紅頭巾。怎地結束？但見：

緑衲襖圈金翡翠，錦征袍滿縷紅雲。江湖上英雄好漢，鄭天壽白面郎君。

這個好漢祖貫浙西蘇州人氏，姓鄭，雙名天壽。爲他生得白凈俊俏，人都號他做白面郎君。原是打銀爲生，因他自小好習槍棒，流落在江湖上，因來清風山過，撞着王矮虎，和他鬥了五六十合，不分勝敗。因此燕順見他好手段，留在山上，坐了第三把交椅。

當下三個頭領坐下。王矮虎便道：『孩兒們，正好做醒酒湯。快動手取下這牛子心肝來，造三分醒酒酸辣湯來。』衹見一個小嘍囉掇一大銅盆水來，放在宋江面前；又一個小嘍囉卷起袖子，手中明晃晃拿着一把剜心尖刀。那個掇水的小嘍囉便把雙手潑起水來，澆那宋江心窩裏。原來但凡人心都是熱血裹着，把這冷水潑散了熱血，取出心肝來時，便脆了好吃。那小嘍囉把水直潑到宋江臉上。宋江嘆口氣道：『可惜宋江死在這裏！』

燕順親耳聽得『宋江』兩字，便喝住小嘍囉道：『且不要潑水！』燕順問道：『他那厮説什麽「宋江」？』小嘍囉答道：『這厮口裏説道：「可惜宋江死在這裏！」』燕順便起身來問道：『兀那漢子，你認得宋江？』宋江道：『衹我便是宋江。』燕順走近跟前又問道：『你是那裏的宋江？』宋江答道：『我是濟州鄆城縣做押司的宋江。』燕順道：『你莫不是山東及時雨宋公明，殺了閻婆惜，逃出在江湖上的宋江麽？』宋江道：『你怎得知？我正是宋三郎。』燕順聽罷，吃了一驚，便奪過小嘍囉手内尖刀，把麻索都割斷了，便把自身上披的棗紅紵絲衲襖脱下來，裹在宋江身上，抱在中間虎皮交椅上，唤起王矮虎、鄭天壽快下來，三人納頭便拜。

宋江滚下來答禮，問道：『三位壯士何故不殺小人，反行重禮？此意如何？』亦拜在地。那三個好漢一齊跪下。燕順道：『小弟衹要把尖刀剜了自己的眼睛！原來不識好人，一時間見不到處，少問個緣由，争些兒壞了義士。若非天幸，使令仁兄自説出大名來，我等如何得知仔細！小弟在江湖上緑林叢中走了十數年，也衹久聞得賢兄仗義疏財、濟困扶危的大名，衹恨緣分淺薄，不能拜識尊顔。今日天使相會，真乃稱心滿意。』宋江答道：『量宋江有何德能，教足下如此挂心錯愛。』燕順道：『仁兄禮賢下士，結納豪强，名聞寰海，誰不欽敬！梁山泊近來如此興旺，四海皆聞，曾有人説道，盡出仁兄之賜。不知仁兄獨自何來，今却到此？』宋江把這救晁蓋一節，殺閻婆惜一節，却投柴進，向孔太公許多時，并今次要往清風寨尋小李廣花榮這幾件事，一一備細説了。三個頭領大喜，隨即取套衣服與宋江穿了。一面叫殺牛宰馬，連夜筵席。當夜直吃到五更，叫小嘍囉伏侍宋江歇了。次日辰牌起來，訴説路上許多事務，又説武松如此英雄了得，三個頭領拊髀長嘆道：『我們無緣！若得他來這裏，十分是好。

却恨他投那裏去了！」話休絮煩。宋江自到清風山住了五七日，每日好酒好食管待，不在話下。

當時臘月初旬，山東人年例，臘日上墳。衹見小嘍囉山下報上來説道：「大路上有一乘轎子，七八個人跟着，挑着兩個盒子去墳頭化紙。」王矮虎是個好色之徒，見報了，想此轎子必是個婦人，便點起三五十小嘍囉，便要下山。宋江、燕順那裏攔當得住。綽了槍刀，敲一棒銅鑼，下山去了。宋江、燕順、鄭天壽三人自在寨中飲酒。

那王矮虎去了約有三兩個時辰，遠探小嘍囉報將來説道：「王頭領直趕到半路裏，七八個軍漢都走了，拿得轎子裏抬着的一個婦人。衹有一個銀香盒，别無物件財帛。」燕順問道：「那婦人如今抬到那裏？」小嘍囉道：「王頭領已自抬在山後房中去了。」燕順大笑。宋江道：「原來王英兄弟要貪女色，不是好漢的勾當。」燕順道：「這個兄弟諸般都肯向前，衹是有這些毛病。」宋江道：「二位和我同去勸他。」

燕順、鄭天壽便引了宋江，直來到後山王矮虎房中。推開房門，衹見王矮虎正摟住那婦人求歡。見了三位入來，慌忙推開那婦人，讓三位坐。宋江看那婦人時，但見：

身穿縞素，腰系孝裙。不施脂粉，自然體態妖嬈；懶染鉛華，生定天姿秀麗。雲鬟半整，有沉魚落雁之容；星眼含愁，有閉月羞花之貌。恰似嫦娥離月殿，渾如織女下瑤池。

宋江看見那婦人，便問道：「娘子，你是誰家宅眷？這般時節出來閑走，有什麽要緊？」那婦人含羞向前，深深地道了三個萬福，便答道：「侍兒是清風寨知寨的渾家。爲因母親弃世，今得小祥，特來墳前化紙。那裏敢無事出來閑走。告大王垂救性命！」宋江聽罷，吃了一驚，肚裏尋思道：「我正來投奔花知寨，莫不是花榮之妻？我如何不救？」宋江問道：「你丈夫花知寨如何不同你出來上墳？」那婦人道：「告大王，侍兒不是花知寨的渾家。」宋江道：「你恰才説是清風寨知寨的恭人。」那婦人道：「大王不知，這清風寨如今有兩個知寨，一文一武。武官便是知寨花榮，文官便是侍兒的丈夫知寨劉高。」

宋江尋思道：『他丈夫既是和花榮同僚，我不救時，明日到那裏須不好看。』宋江便對王矮虎說道：『小人有句話說，不知你肯依麼？』王英道：『哥哥有話，但說不妨。』宋江道：『但凡好漢，犯了「溜骨髓」三個字的，好生惹人耻笑。我看這娘子說來，是個朝廷命官的恭人。怎生看在下薄面并江湖上大義兩字，放他下山回去，教他夫妻完聚如何？』王英道：『哥哥聽禀。王英自來没個押寨夫人做伴，况兼如今世上都是那大頭巾弄得歹了。哥哥管他則甚！胡亂容小弟這些個。』宋江便跪一跪道：『賢弟若要壓寨夫人時，日後宋江揀一個停當好的，在下納財進禮，娶一個伏侍賢弟。衹是這個娘子，是小人友人同僚正官之妻，怎地做得人情，放了他則個。』燕順、鄭天壽一齊扶住宋江道：『哥哥且請起來，這個容易。』宋江又謝道：『恁地時，重承不阻。』

燕順見宋江堅意要救這婦人，因此不顧王矮虎肯與不肯，喝令轎夫抬了去。那婦人聽了這話，插燭也似拜謝宋江，一口一聲叫道：『謝大王！』宋江道：『恭人，你休謝我。我不是山寨裏大王，我自是鄆城縣客人。』那婦人拜謝了下山，兩個轎夫也得了性命，抬着那婦人下山來，飛也似走，衹恨爺娘少生了兩隻脚。這王矮虎又羞又悶，衹不做聲。被宋江拖出前廳，勸道：『兄弟，你不要焦躁。宋江日後好歹要與兄弟完娶一個，教你歡喜便了。小人并不失信。』燕順、鄭天壽都笑起來。王矮虎一時被宋江以禮義縛了，雖不滿意，敢怒而不敢言，衹得陪笑，自同宋江在山寨中吃筵席。不在話下。

且說清風寨軍人，一時間被擄了恭人去，衹得回來，到寨裏報與劉知寨，說道：『恭人被清風山强人擄去了。』劉高聽了大怒，喝罵去的軍人不了事，『如何撇了恭人！』大棍打那去的軍漢。衆人分說道：『我們衹有五七個，他那裏三四十人，如何與他敵得？』劉高喝道：『胡說！你們若不去奪得恭人回來時，我都把你們下在牢裏問罪！』那幾個軍人吃逼不過，没奈何衹得央浼本寨内軍健七八十人，各執槍棒，用意來奪。不想來到半路，正撞見兩個轎夫抬得恭人飛也似來了。

衆軍漢接見恭人，問道：『怎地能夠下山？』那婦人道：『那廝捉我到山寨裏，見我說道是劉知寨的夫人，唬得那廝慌忙拜我，便叫轎夫送我下山來。』衆軍漢道：『恭人可憐見我們，衹對相公說我們打奪得恭人回來，權救我衆人這頓打。』那婦人道：『我自有道理說便了。』衆軍漢拜謝了，簇擁着轎子便行。衆人見轎夫走得快，便說道：『你兩個閑常在鎮上抬轎時，衹是鵝行鴨步，如今却怎地這等走的快？』那兩個轎夫應道：『本是走不動，却被背後老大栗暴打將來。』衆人笑道：『你莫不見鬼？背後那得人。』轎夫方才敢回頭，看了道：『哎也！是我走得慌了，脚後跟衹打着腦杓子。』衆人都笑，簇着轎子，回到寨中。劉知寨見了大喜，便問恭人道：『你得誰人救了你回來？』那婦人道：『便是那廝們擄我去，不從奸騙，正要殺我，見我說是知寨的恭人，不敢下手，慌忙拜我。却得這許多人來搶奪得我回來。』劉高聽了這話，便叫取十瓶酒、一口猪賞了衆人，不在話下。

且說宋江自救了那婦人下山，又在山寨中住了五七日，思量要來投奔花知寨，當時作别要下山。三個頭領苦留不住，做了送路筵席餞行，各送些金寶與宋江，打縛在包裹裏。當日宋江早起來，洗漱罷，吃了早飯，拴束了行李，作别了三位頭領下山。那三個好漢將了酒果肴饌，直送到山下二十餘里官道旁邊，把酒分别。三人不捨，叮囑道：『哥哥去清風寨回來，是必再到山寨相會幾時。』宋江背上包裹，提了樸刀，說道：『再得相見。』唱個大喏，分手去了。若是說話的同時生，并肩長，攔腰抱住，把臂拖回。宋公明衹因要來投奔花知寨，險些兒死無葬身之地。正是：

遭逢龍虎皆天數，際會風雲豈偶然。

畢竟宋江來尋花知寨撞着甚人，且聽下回分解。

第三十三回　宋江夜看小鰲山　花榮大鬧清風寨

文章家有過枝接葉處，每每不得與前後大篇一樣出色。然其敘事潔淨，用筆明雅，亦殊未可忽也。譬諸游山者游過一山，又問一山，當斯之時，不無借徑于小橋曲岸，淺水平沙。然而前山未遠，魂魄方收，後山又來，耳目又費，則雖中間少有不稱，然政不致遂敗人意。又況其一橋一岸，一水一沙，乃殊非七十回後一望荒屯絕徼之比。想復晚凉新浴，豆花棚下，摇蕉扇，説曲折，興復不淺也。

看他寫花榮，文秀之極，傳武松後定少不得此人，可謂矯矯虎臣，翩翩儒將，分之兩雋，合之雙璧矣。

話説這清風山離青州不遠，衹隔得百里來路。這清風寨却在青州三岔路口，地名清風鎮。因爲這三岔路上通三處惡山，因此特設這清風寨在這清風鎮上。那裏也有三五千人家，却離這清風山衹有一站多路。當日三位頭領自上山去了。

衹説宋公明獨自一個，背着些包裹，迤邐來到清風鎮上，便借問花知寨住處。那鎮上人答道：「這清風寨衙門在鎮市中間。南邊有個小寨，是文官劉知寨住宅；北邊那個小寨，正是武官花知寨住宅。」宋江聽罷，謝了那人，便投北寨來。到得門首，見有幾個把門軍漢，問了姓名，入去通報。衹見寨裏走出那個年少的軍官來，拖住宋江便拜。那人生得如何，但見：

齒白唇紅雙眼俊，兩眉入鬢常清，細腰寬膀似猿形。能騎乖劣馬，愛放海東青。百步穿楊神臂健，弓開秋月分明，雕翎箭發迸寒星。人稱小李廣，將種是花榮。

出來的年少將軍不是别人，正是清風寨武知寨小李廣花榮。宋江見了。看那花榮，怎生打扮？但見：

身上戰袍金翠綉，腰間玉帶嵌山犀。滲青巾幘雙環小，文武花靴抹緑低。

花榮見宋江拜罷，喝叫軍漢接了包裹、樸刀、腰刀，扶住宋江，直至正廳上，便請宋江當中凉床上坐了。花

榮又納頭拜了四拜，起身道：「自從别了兄長之後，屈指又早五六年矣，常常念想。聽得兄長殺了一個潑烟花，官司行文書各處追捕。小弟聞得，如坐針氈，連連寫了十數封書去貴莊問信，不知曾到也否？今日天賜，幸得哥哥到此，相見一面，大稱平生渴仰之思。」説罷又拜。宋江扶住道：「賢弟休衹顧講禮，請坐了，聽在下告訴。」花榮斜坐着。宋江把殺閻婆惜一事和投奔柴大官人并孔太公莊上遇見武松、清風山上被捉遇燕順等事，細細地都説了一遍。花榮聽罷，答道：「兄長如此多磨難！今日幸得仁兄到此，且住數年，却又理會。」宋江道：「若非兄弟宋清寄書來孔太公莊上時，在下也特地要來賢弟這裏走一遭。」花榮道：「前次連連奉書去拜問兄長，不見回音。後聞知令弟説，兄長在白虎山孔太公莊上，也特地要差人請兄長來此間住幾時。今蒙仁兄不弃到此，衹恨無甚罕物管待。」便請宋江去後堂裏坐，唤出渾家崔氏來拜伯伯。拜罷，花榮又叫妹子出來拜了哥哥。便請宋江更换衣裳鞋襪，香湯沐浴，在後堂安排筵席洗塵。

當日筵宴上，宋江把救了劉知寨恭人的事，備細對花榮説了一遍。花榮聽罷，皺了雙眉説道：「兄長没來由救那婦人做什麽！正好教滅這廝的口。」宋江道：「却又作怪！我聽得説是清風寨知寨的恭人，因此把做賢弟同僚面上，特地不顧王矮虎相怪，一力要救他下山。你却如何恁的説？」花榮道：「兄長不知。不是小弟説口，這清風寨還是青州緊要去處，若還是小弟獨自在這裏守把時，遠近强人怎敢把青州攪得粉碎！近日除將這個窮酸餓醋來做個正知寨，這廝又是文官，又没本事，自從到任，把此鄉間些少上户詐騙，亂行法度，無所不爲。小弟是個武官副知寨，每每被這廝慪氣，恨不得殺了這濫污賊禽獸！兄長却如何救了這廝的婦人？打緊這婆娘極不賢，衹要調撥他丈夫行不仁的事，殘害良民，貪圖賄賂。正好叫那賤人受些玷辱。兄長錯救了這等不才的人。」宋江聽了，便勸道：「賢弟差矣。自古道：冤仇可解不可結。他和你是同僚官，又不合活生世。亦且他是個文墨的人，你如何不諫他。他雖有些過失，你可隱惡而揚善。賢弟休如此淺見。」花榮道：「兄長見得極明。來日公廨内見劉知寨

時，與他說過救了他老小之事。」宋江道：「賢弟若如此，見常也顯你的好處。」花榮夫妻幾口兒，朝暮精精致致供茶獻酒供食，伏侍宋江。當時就晚，安排床帳在後堂軒下，請宋江安歇。次日，又備酒食筵宴管待。

話休絮煩。宋江自到花榮寨裏，吃了四五日酒。花榮手下有幾個體己人，一日換一個，撥些碎銀子在他身邊，每日教相陪宋江去清風鎮街上觀看市井喧嘩，村落宮觀寺院，閑走樂情。自那日爲始，這體己人相陪着閑走，邀宋江去市井上閑玩。那清風鎮上也有幾座小勾欄并茶房酒肆，自不必說得。當日宋江與這體己人在小勾欄裏閑看了一回，又去近村寺院道家宮觀游賞一回，請去市鎮上酒肆中飲酒。臨起身時，那體己人取銀兩還酒錢。宋江那裏肯要他還錢，却自取碎銀還了。宋江歸來，又不對花榮說。那個同去的人歡喜，又落得銀子，又得身閑。自此，每日撥一個相陪，和宋江緩步閑游，又祇是宋江使錢。自從到寨裏，無一個不敬他的。宋江在花榮寨裏住了將及一月有餘，看看臘盡春回，又早元宵節近。

且說這清風寨鎮上居民商量放燈一事，準備慶賞元宵，科斂錢物，去土地大王廟前扎縛起一座小鰲山，上面結采懸花，張挂五七百碗花燈。土地大王廟內，逞應諸般社火。家家門前扎起燈棚，賽懸燈火。市鎮上，諸行百藝都有。雖然比不得京師，祇此也是人間天上。當下宋江在寨裏和花榮飲酒，不覺又早是元宵節到。至日，晴明得好。花榮到巳牌前後，上馬去公廨內點起數百個軍士，教晚間去市鎮上彈壓；又點差許多軍漢，分頭去四下裏守把栅門。未牌時分，回寨來邀宋江吃點心。宋江對花榮說道：「聽聞此間市鎮上今晚點放花燈，我欲去觀看觀看。」花榮答道：「小弟本欲陪侍兄長去看燈，正當其理。祇是奈緣我職役在身，不能夠自在閑步同往。今夜兄長自與家間二三人去看燈，早早的便回。小弟在家專待，家宴三杯，以慶佳節。」宋江道：「最好。」却早天色向晚，東邊推出那輪明月上來。正是：

玉漏銅壺且莫催，星橋火樹徹明開。鰲山高聳青雲上，何處游人不看來。

當晚，宋江和花榮家親隨體己人兩三個，跟隨着宋江緩步徐行。到這清風鎮上看燈時，祇見家家門前搭起燈棚，懸挂花燈，不記其數。燈上畫着許多故事，也有剪采飛白牡丹花燈，并荷花芙蓉异樣燈火。四五個人手厮挽着，來到土地大王廟前，看那小鰲山時，怎見的好燈？但見：

山石穿雙龍戲水，雲霞映獨鶴朝天。金蓮燈、玉梅燈，晃一片琉璃；荷花燈、芙蓉燈，散千團錦綉。銀蛾鬥采，雙雙隨綉帶香球；雪柳爭輝，縷縷拂華幡翠幕。村歌社鼓，花燈影裏競喧闐；織女蠶奴，畫燭光中同賞玩。雖無佳麗風流曲，盡賀豐登大有年。

當下宋江等四人在鰲山前看了一回，迤邐投南看燈。走不過五七百步，祇見前面燈燭熒煌，一伙人圍住在一個大墻院門首熱鬧，鑼聲響處，衆人喝采。宋江看時，却是一伙舞鮑老的。宋江矮矬，人背後看不見。那相陪的體己人却認得社火隊裏，便教分開衆人，讓宋江看。那跳鮑老的，身軀扭得村村勢勢的。宋江看了，呵呵大笑。

祇見這墻院裏面，却是劉知寨夫妻兩口兒和幾個婆娘在裏面看。聽得宋江笑聲，那劉知寨的老婆于燈下却認的宋江，便指與丈夫道：「兀那個黑矮漢子，便是前日清風山搶擄下我的賊頭！」劉知寨聽了，吃一驚，便喚親隨六七人，叫捉那個笑的黑漢子。宋江聽得，回身便走。走不過十餘家，衆軍漢趕上，把宋江捉住，拿了來。却似皂雕追紫燕，正如猛虎啖羊羔。拿到寨裏，用四條麻索綁了，押至廳前。那三個體己人見捉了宋江去，自跑回來報與花榮知道。

且說劉知寨坐在廳上，叫解過那厮來。衆人把宋江簇擁在廳前跪下。劉知寨喝道：「你這厮是清風山打劫强賊，如何敢擅自來看燈！今被擒獲，你有何理說？」宋江告道：「小人自是鄆城縣客人張三，與花知寨是故友，來此間多日了，從不曾在清風山打劫。」劉知寨老婆却從屏風背後轉將出來，喝道：「你這厮兀自賴哩！你記得教我叫你做大王時？」宋江告道：「恭人差矣。那時小人不對恭人說來：小人自是鄆城縣客人，亦被擄掠在此間，不能夠下山去。』劉知寨道：『你既是客人被擄劫在那裏，今日如何能夠下山來，却到我這裏看燈？』那婦人便説道：『你這廝在山上時，大落落的坐在中間交椅上，由我叫大王，那裏睬人！』宋江道：『恭人全不記我一力救你下山，如何今日倒把我强扭做賊？』那婦人聽了大怒，指着宋江罵道：『這等賴皮賴骨，不打如何肯招！』劉知寨道：『説得是！』喝叫：『取過批頭來打那廝！』一連打了兩料。打得宋江皮開肉綻，鮮血迸流。便叫：『把鐵鎖鎖了，明日合個囚車，把鄆城虎張三解上州裏去。』

却説相陪宋江的體己人慌忙奔回來報知花榮。花榮聽罷大驚，連忙寫一封書，差兩個能幹親隨人去劉知寨處取。親隨人賫了書，急忙到劉知寨門前。把門軍士入去報復道：『花知寨差人在門前下書。』劉高叫喚至當廳。那親隨人將書呈上。劉高拆開封皮，讀道：

『花榮拜上僚兄相公座前：所有薄親劉丈，近日從濟州來，因看燈火，誤犯尊威，萬乞情恕放免，自當造謝。草字不恭，煩乞照察。不宣。』

劉高看了大怒，把書扯得粉碎，大罵道：『花榮這廝無禮！你是朝廷命官，如何却與强賊通同，也來瞞我！這賊已招是鄆城縣張三，你却如何寫道是劉丈？俺須不是你侮弄的！你寫他姓劉，是和我同姓，恁地我便放了他？』喝令左右把下書人推將出去。那親隨人被趕出寨門，急急歸來稟復花榮知道。花榮聽了，祇叫得：『苦了哥哥！快備我的馬來！』

花榮披挂，拴束了弓箭，綽槍上馬，帶了三五十名軍漢，都拖槍拽棒，直奔到劉高寨裏來。把門軍人見了，那裏敢攔當；見花榮頭勢不好，盡皆吃驚，都四散走了。花榮搶到廳前，下了馬，手中拿着槍。那三五十人都兩擺在廳前。花榮口裏叫道：『請劉知寨説話！』劉高聽得，見花榮頭勢不好，驚得魂飛魄散，懼怕花榮是個武官，那裏敢出來相見。花榮見劉高不出來，立了一回，喝叫左右去兩邊耳房裏搜人。那三五十軍漢一齊去搜時，早從廊下耳房裏尋見宋江，被麻索高吊起在梁上，又使鐵索鎖着兩腿，打得肉綻。幾個軍漢便把繩索割斷，鐵鎖打開，救出宋江。花榮便叫軍士先送回家裏去。花榮上了馬，綽槍在手，口裏發語道：『劉知寨！你便是個正知寨，待怎的奈何了花榮！誰家没個親眷，你却什麼意思？我的一個表兄，直拿在家裏，强扭做賊，好欺負人！明日和你説話，却再理會！』花榮帶了衆人，自回到寨裏來看視宋江。

却説劉知寨見花榮救了人去，急忙點起一二百人，也叫來花榮寨奪人。那一二百人內，新有兩個教頭，爲首的教頭雖然了得些槍刀，終不及花榮武藝。不敢不從劉高，祇得引了衆人奔花榮寨裏來。把門軍士入去報知花榮。此時天色未甚明亮，那二百來人擁在門首，誰敢先入去，都懼怕花榮了得。看看天大明了，却見兩扇大門不關，祇見花知寨在正廳上坐着，左手拿着弓，右手拿着箭。衆人都擁在門前。花榮竪起弓，大喝道：『你這軍士們！不知冤各有頭，債各有主？劉高差你來，休要替他出色。你那兩個新參教頭，還未見花知寨的武藝。今日先教你衆人看花知寨弓箭，然後你那廝們要替劉高出色，不怕的入來。看我先射大門上左邊門神的骨朵頭。』搭上箭，拽滿弓，祇一箭，喝聲道：『着！』正射中門神骨朵頭。衆人看了，都吃一驚。花榮又取第二枝箭，大叫道：『你們衆人再看我這第二枝箭，要射右邊門神的頭盔上朱纓。』颼的又一箭，不偏不斜，正中纓頭上。那兩枝箭却射定在兩扇門上。花榮再取第三枝箭，喝道：『你衆人看我第三枝箭，要射你那隊裏穿白的教頭心窩。』那人叫聲：『哎呀！』便轉身先走。衆人發聲喊，一齊都走了。

花榮且叫閉上寨門，却來後堂看覷宋江。花榮説道：『小弟誤了哥哥，受此之苦。』宋江答道：『我却不妨。祇恐劉高那廝不肯和你干休，我們也要計較個常便。』花榮道：『小弟捨着弃了這道官誥，和那廝理會。』宋江道：『不想那婦人將恩作怨，教丈夫打我這一頓。我本待自説出真名姓來，却又怕閻婆惜事發，因此祇説鄆城客人張三。叵耐劉高無禮，要把我做鄆城虎張三解上州去，合個囚車盛我。要做清風山賊首時，頃刻便是一刀一剮。不得賢弟自來搭救，便有銅唇鐵舌，也和他分辯不得。』花榮道：『小弟尋思，祇想他是讀書人，須念同姓之親，因此寫了劉丈，便是忘了忌諱這一句話。如今既已救了來家，且却又理會。』宋江道：『賢弟差矣。既然仗你豪勢，救了人來，凡事三思而後行，再思可矣。自古道：吃飯防噎，行路防跌。他被你公然奪了人來，急使人來搶，又被你一嚇，盡都散了。我想他如何肯干罷，必然要和你動文書。今晚我先走上清風山去躲避，你明日却好和他白賴，終久祇是文武不和相毆的官司。我若再被他拿出去時，你便和他分說不過。』花榮道：『小弟祇是一勇之夫，却無兄長的高明遠見。祇恐兄長傷重了，走不動。』宋江道：『不妨。事急難以耽擱，我自捱到山下便了。』當日敷貼了膏藥，吃了些酒肉，把包裹都寄在花榮處。黄昏時分，便使兩個軍漢送出栅外去了。宋江自連夜捱去，不在話下。

再說劉知寨見軍士一個個都散回寨裏來說道：『花知寨十分英勇了得，誰敢去近前當他弓箭！』兩個教頭道：『着他一箭時，射個透明窟窿，却是都去不得！』劉高那厮終是個文官，還有些謀略算計。花榮雖然勇猛豪杰，不及劉高的智量。正是將在謀而不在勇。當下劉高尋思起來：『想他這一奪去，必然連夜放他上清風山去了，明日却來和我白賴。便爭競到上司，也祇是文武不和鬥毆之事，我却如何奈何的他？我今夜差二三十軍漢，去五里路頭等候。倘若天幸捉着時，將來悄悄的關在家裏，却暗地使人連夜去州裏報知軍官下來取，就和花榮一發拿了，都害了他性命。那時我獨自霸着這清風寨，省得受這厮們的氣。』當晚點了二十餘人，各執槍棒，就夜去了。約莫有二更時候，去的軍漢背剪綁得宋江到來。劉知寨見了，大喜道：『不出吾之所料！且與我囚在後院裏，休教一個人得知。』連夜便寫了實封申狀，差兩個心腹之人星夜來青州府飛報。次日，花榮祇道宋江上清風山去了，坐視在家，心裏自道：『我且看他怎的。』竟不來睬着。劉高也祇做不知。兩下都不説着。

且說青州府知府正值升廳坐公座。那知府復姓慕容，雙名彥達，是今上徽宗天子慕容貴妃之兄，倚托妹子的勢要，在青州横行，殘害良民，欺罔僚友，無所不爲。正欲回後堂退食，祇見左右公人接上劉知寨申狀，飛報賊情公事。知府接來，看了劉高的文書，吃了一驚，便道：『花榮是個功臣之子，如何結連清風山强賊？這罪犯非小，未委虚的。』便教唤那本州兵馬都監來到廳上，分付他去。

原來那個都監姓黄名信，爲他本身武藝高强，威鎮青州，因此稱他爲鎮三山。那青州地面所管下有三座惡山，第一便是清風山，第二便是二龍山，第三便是桃花山。這三處都是强人草寇出没的去處。黄信却自誇要捉盡三山人馬，因此唤做鎮三山。這兵馬都監黄信上廳來領了知府的言語出來，點起五十個壯健軍漢，披挂了衣甲，馬上擎着那口喪門劍，連夜便下清風寨來，徑到劉高寨前下馬。劉知寨出來接着，請到後堂，叙禮罷，一面安排酒食管待，一面犒賞軍士。後面取出宋江來，教黄信看了。黄信道：『這個不必問了。連夜合個囚車，把這厮盛在裏面。』頭上抹了紅絹，插一個紙旗，上寫着『清風山賊首鄆城虎張三』。宋江那裏敢分辯，祇得由他們安排。黄信再問劉高道：『你拿得張三時，花榮知也不知？』劉高道：『小官夜來二更拿了他，悄悄提得來藏在家裏。花榮祇知道張三去了，自坐視在家。』黄信道：『既是恁地，却容易。明日天明，安排一副羊酒去大寨裏公廳上擺着，却教四下裏埋伏下二三十人預備着。我却自去花榮家請得他來，祇推道慕容知府聽得你文武不和，因此特差我來置酒勸諭。賺到公廳，祇看我擲盞爲號，就下手拿住了，一同解上州裏去。此計如何？』劉高喝采道：『還是相公高見！此計大妙，却似瓮中捉鱉，手到拿來！』

當夜定了計策。次日天曉，先去大寨左右兩邊帳幕裏，預先埋伏了軍士。廳上虚設着酒食筵宴。早飯前後，黄信上了馬，祇帶三兩個從人，來到花榮寨前。軍人入去傳報。花榮問道：『來做什麽？』軍漢答道：『祇聽得教報道：黄都監特來相探。』花榮聽罷，便出來迎接。黄信下馬，花榮請至廳上，叙禮罷，便問道：『都監相公有何公幹到此？』黄信道：『下官蒙知府呼唤，發落道：爲是你清風寨内文武官僚不和，未知爲甚緣由。知府誠恐二官因私仇而誤其公事，特差黄某賫到羊酒，前來與你二官講和。已安排在大寨公廳上，便請足下上馬同往。』花榮笑道：『花榮如何敢欺罔劉高，他又是個正知寨。祇是本人累累要尋花榮的過失。不想驚動知府，有勞都監下臨草寨，花榮將何以報？』黃信附耳低言道：『知府祇爲足下一人。倘有些刀兵動時，他是文官，做得何用。你祇依着我行。』花榮道：『深謝都監過愛。』黃信便邀花榮同出門首上馬。花榮道：『且請都監少叙三杯了去。』黃信道：『待説開了，暢飲何妨。』花榮祇得叫備馬。

當時兩個并馬而行，直來到大寨，下了馬。黃信携着花榮的手，同上公廳來。祇見劉高已自先在公廳上，三個人都相見了。黃信叫取酒來。從人已先自把花榮的馬牽將出去，閉了寨門。花榮不知是計，祇想黃信是一般武官，必無歹意。黃信擎一盞酒來，先勸劉高道：『知府爲因聽得你文武二官同僚不和，好生憂心。今日特委黃信到來，與你二公陪話。煩望祇以報答朝廷爲重，再後有事，和同商議。』劉高答道：『量劉高不才，頗識些理法，何足道哉，直教知府恩相如此挂心。我二人也無甚言語争執，此是外人妄傳。』黃信大笑道：『妙哉！』劉高飲過酒，黃信又斟第二杯酒來勸花榮道：『雖然是劉知寨如此説了，想必是閑人妄傳，故是如此。且請飲一杯。』花榮接過酒吃了。劉高拿副臺盞，斟一盞酒，回勸黃信道：『動勞都監相公降臨敝地，滿飲此杯。』黃信接過酒來，拿在手裏，把眼四下一看，有十數個軍漢簇上廳來。黃信把酒盞望地下一擲，祇聽得後堂一聲喊起，兩邊帳幕裏走出三五十個壯健軍漢，一發上，把花榮拿倒在廳前。黃信喝道：『綁了！』

花榮一片聲叫道：『我得何罪？』黃信大笑，喝道：『你兀自敢叫哩！你結連清風山强賊，一同背反朝廷，當得何罪？我念你往日面皮，不去驚動拿你家老小。』花榮道：『相公也有個證見。』黃信道：『還你一個證見，教你看真贜真賊，我不屈你。左右，與我推得來。』無移時，一輛囚車，一個紙旗兒，一條紅抹額，從外面推將入來。花榮看了，見是宋江陷着，目睁口呆，面面厮覷，做聲不得。黃信喝道：『這須不干我事，現有告人劉高在此。』花榮道：『不妨，不妨，這是我的親眷，他自是鄆城縣人。你要强扭他做賊，到上司自有分辯處。』黃信道：『你既然如此説時，我祇解你上州裏，你自去分辯。』便叫劉知寨點起一百寨兵防送。『就要你同去，便解投青州。此是知府相公立等回報的公事，不可耽遲。』花榮便對黃信説道：『都監賺我來，雖然捉了我，便到朝廷，和他還有分辯。可看我和都監一般武職官面，休去我衣服，容我坐在囚車裏。』黃信道：『這幾件容易，便都依你。就叫劉知寨一同去州裏折辯明白，休要枉害人性命。』當時黃信與劉高都上了馬，監押着兩輛囚車，并帶三五十軍士、一百寨兵，簇擁着車子，取路奔青州府來。不是黃信、劉高解宋江、花榮望青州來，有分教：火焰堆裏，送數百間屋宇人家；刀斧叢中，殺一二千殘生性命。且教大鬧了青州，縱橫山寨。

畢竟解宋江投青州來怎地脱身，且聽下回分解。

第三十四回　鎮三山大鬧青州道　霹靂火夜走瓦礫場

吾觀元人雜劇，每一篇爲四折，每折止用一人獨唱，而同場諸人，僅以科白從旁挑動承接之。此無他，蓋昔者之人，其胸中自有一篇一篇絶妙文字，篇各成文，文各有意，有起有結，有開有闔，有呼有應，有頓有跌，特無所附麗，則不能以空中抒寫，故不得已旁托古人生死離合之事，借題作文。彼其意，期于後世之人，見吾之文而止，初不取古人之事得吾之文而見也。自雜劇之法壞，而一篇之事乃有四十餘折，一折之辭乃用數人同唱。于是辭煩節促，比于蛙鼓，句斷字歇，有如病夫。又一似古人之事全賴後人傳之，而文章在所不問也者。而冬烘學究，乳臭小兒，咸摇筆灑墨來作傳奇矣。稗官亦然。稗官固效古史氏法也，雖一部前後必有數篇，一篇之中凡有數事，然但有一人必爲一人立傳，若有十人必爲十人立傳。夫人必立傳者，史氏一定之例也；而事則通長者，文人聯貫之才也。故有某甲、某乙共爲一事，而實書在某甲傳中，斯與某乙無與也。又有某甲、某乙不必共爲一事，而于某甲傳中忽然及于某乙，此固作者心愛某乙，不能暫忘，苟有便可以及之，輒遂及之，是又與某甲無與。故曰：文人操管之際，其權爲至重也。夫某甲傳中忽及某乙者，如宋江傳中再述武松，是其例也。書在甲傳，乙則無與者，如花榮傳中不重宋江，是其例也。夫一人有一人之傳，一傳有一篇之文，一文有一端之指，一指有一定之歸。世人不察，乃又摇筆灑墨，紛紛來作稗官，何其游手好閑一至于斯也！

古本《水滸》寫花榮，便寫到宋江悉爲花榮所用。俗本祇落一二字，其醜遂不可當。不知何人所改，既不可致詰，故特取其例一述之。

話説那黄信上馬，手中横着這口喪門劍。劉知寨也騎着馬，身上披挂些戎衣，手中拿一把叉。那一百四五十軍漢、寨兵，各執着纓槍棍棒，腰下都帶短刀利劍。兩下鼓，一聲鑼，解宋江和花榮望青州來。衆人都離了清風寨，行不過三四十里路頭，前面見一座大林子。正來到那山嘴邊，前頭寨兵指道：『林子裏有人窺望。』都立住了脚。黄信在馬上問道：『爲甚不行？』軍漢答道：『前面林子裏有人窺看。』黄信喝道：『休睬他，祇顧走！』

看看漸近林子前，祇聽得當當的二三十面大鑼一齊響起來，那寨兵人等都慌了手脚，祇待要走。黄信喝道：『且住！都與我擺開！』叫道：『劉知寨，你壓着囚車。』劉高在馬上答應不得，祇口裏念道：『救苦救難天尊！便許下十萬卷經，三百座寺，救一救！』驚的臉如成精的東瓜，青一回，黄一回。這黄信是個武官，終有些膽量，便拍馬向前看時，祇見林子西邊，齊齊的分過三五百個小嘍囉來，一個個身長力壯，都是面惡眼凶，頭裹紅巾，身穿衲襖，腰懸利劍，手執長槍，早把一行人圍住。

林子中跳出三個好漢來，一個穿青，一個穿緑，一個穿紅，都戴着一頂銷金萬字頭巾，各挎一口腰刀，又使一把樸刀，當住去路。中間是錦毛虎燕順，上首是矮脚虎王英，下首是白面郎君鄭天壽。三個好漢大喝道：『來往的到此當住脚！留下三千兩買路黄金，任從過去。』黄信在馬上大喝道：『你那厮們不得無禮，鎮三山在此！』三個好漢睁着眼大喝道：『你便是鎮萬山，也要三千兩買路黄金！沒時，不放你過去。』黄信説道：『我是上司取公事的都監，有什麼買路錢與你？』那三個好漢笑道：『莫説你是上司一個都監，便是趙官家駕過，也要三千貫買路錢。若是沒有，且把公事人當在這裏，待你取錢來贖。』黄信大怒，罵道：『强賊怎敢如此無禮！』喝叫左右擂鼓鳴鑼。黄信拍馬舞劍直奔燕順。三個好漢一齊挺起樸刀，來戰黄信。

黄信見三個好漢都來并他，奮力在馬上鬥了十合，怎地當得他三個住。亦且劉高是個文官，又向前不得，見了這般頭勢，祇待要走。黄信怕吃他三個拿了，壞了名聲，祇得一騎馬撲喇喇跑回舊路。三個頭領挺着樸刀趕將來。黄信那裏顧得衆人，獨自飛馬奔回清風鎮去了。衆軍見黄信回馬時，已自發聲喊，撇了囚車，都四散走了。祇剩得劉高，見頭勢不好，慌忙勒轉馬頭，連打三鞭。那馬正待跑時，被那小嘍囉拽起絆馬索，早把劉高的馬掀翻，倒撞下來。衆小嘍囉一發向前，拿了劉高，搶了囚車，打開車輛。花榮已把自己的囚車掀開了，便跳出來，將這縛索都掙斷了。却打碎那個囚車，救出宋江來。自有那幾個小嘍囉已自綁了劉高，又向前去搶得他騎的馬，亦有三匹駕車的馬。却剥了劉高的衣服，與宋江穿了，把馬先送上山去。這三個好漢一同花榮并小嘍囉，把劉高赤條條的綁了，押回山寨來。

原來這三位好漢，爲因不見宋江回來，差幾個能幹的小嘍囉下山，直來清風鎮上探聽，聞人説道：「都監黄信擲盞爲號，拿了花知寨并宋江，陷車囚了，解投青州來。」因此報與三個好漢得知，帶了人馬，大寬轉兜出大路來，預先截住去路。小路裏亦差人伺候。因此救了兩個，拿得劉高，都回山寨裏來。

當晚上的山時，已是二更時分，都到聚義廳上相會。請宋江、花榮當中坐定，三個好漢對席相陪，一面且備酒食管待。燕順分付：「叫孩兒們各自都去吃酒。」花榮在廳上稱謝三個好漢，説道：「花榮與哥哥皆得三位壯士救了性命，報了冤仇，此恩難報。衹是花榮還有妻小妹子在清風寨中，必然被黄信擒捉，却是怎生救得？」燕順道：「知寨放心，料應黄信不敢便拿恭人。若拿時也須從這條路裏經過。我明日弟兄三個下山去取恭人和令妹還知寨。」便差小嘍囉下山，先去探聽。花榮謝道：「深感壯士大恩！」宋江便道：「且與我拿過劉高那廝來。」燕順便道：「把他綁在將軍柱上割腹取心，與哥哥慶喜。」花榮道：「我親自下手割這廝！」

宋江罵道：「你這廝！我與你往日無冤，近日無仇，你如何聽信那不賢的婦人害我？今日擒來，有何理説？」花榮道：「哥哥問他則甚！」把刀去劉高心窩裏衹一剜，那顆心獻在宋江面前。小嘍囉自把尸首拖于一邊。宋江道：「今日雖殺了這廝濫污匹夫，衹有那個淫婦不曾殺得，出那口怨氣！」王矮虎便道：「哥哥放心，我明日自下山去拿那婦人，今番還我受用。」衆皆大笑。當夜飲酒罷，各自歇息。次日起來，商議打清風寨一事。燕順道：「昨日孩兒們走得辛苦了，今日歇他一日，明日早下山去也未遲。」宋江道：「也見得是。正要將息人强馬壯，用兵正是如此，不在促忙。」

不説山寨整點兵馬起程。且説都監黄信一騎馬奔回清風鎮上大寨内，便點寨兵人馬，緊守四邊栅門。黄信寫了申狀，叫兩個教軍頭目飛馬報與慕容知府。知府聽得飛報軍情緊急公務，連夜升廳，看了黄信申狀：「反了花榮，結連清風山强盗，時刻清風寨不保。事在告急，早遣良將，保守地方。」知府看了大驚，便差人去請青州指揮司總管本州兵馬秦統制，急來商議軍情重事。那人原是山後開州人氏，姓秦，諱個明字。因他性格急躁，聲若雷霆，以此人都呼他做霹靂火秦明。祖是軍官出身。使一條狼牙棒，有萬夫不當之勇。

那人聽得知府請唤，徑到府裏來見知府。各施禮罷。那慕容知府將出那黄信的飛報申狀來，教秦統制看了。秦明大怒道：「紅頭子敢如此無禮！不須公祖憂心，不才便起軍馬，不拿了這賊，誓不再見公祖！」慕容知府道：「將軍若是遲慢，恐這廝們去打清風寨。」秦明答道：「此事如何敢遲誤，衹今連夜便去點起人馬，來日早行。」知府大喜，忙叫安排酒肉乾糧，先去城外等候賞軍。秦明見説反了花榮，便怒從心上起，惡向膽邊生，氣忿忿地上馬，奔到指揮司裏，便點起一百馬軍、四百步軍，先叫出城去取齊，擺布了起身。

却説慕容知府先在城外寺院裏蒸下饅頭，擺了大碗，燙下酒。每一個人三碗酒，兩個饅頭，一斤熟肉。方才備辦得了，却望見軍馬出城。看那軍馬時，擺得整齊。但見：

列列旌旗似火，森森戈戟如麻。陣分八卦擺長蛇，委實神驚鬼怕。槍晃緑沉紫焰，旗飄綉帶紅霞，馬蹄來往亂交加。乾坤生殺氣，成敗屬誰家。

當日清早，秦明擺布軍馬，出城取齊，引軍紅旗上大書「兵馬總管秦統制」，領兵起行。慕容知府看見秦明全副披挂了出城來，果是英雄無比。但見：

盔上紅纓飄烈焰，錦袍血染猩猩，獅蠻寶帶束金鞓。雲根靴抹緑，龜背鎧堆銀。坐下馬如同獬豸，狼牙棒密嵌銅釘，怒時兩目便圓睜。性如霹靂火，虎將是秦明。

當下霹靂火秦明在馬上出城來，見慕容知府在城外賞軍，慌忙叫軍漢接了軍器，下馬來和知府相見。施禮罷，知府把了盞，將些言語囑咐總管道：『善覷方便，早奏凱歌。』賞軍已罷，放起信炮。秦明辭了知府，飛身上馬，擺開隊伍，催趲軍兵，大刀闊斧，徑奔清風寨來。原來這清風鎮却在青州東南上，從正南取清風山較近，可早到山北小路。

却說清風山寨裏這小嘍囉們探知備細，報上山來。山寨裏衆好漢正待要打清風寨去，祇聽的報道：『秦明引兵馬到來！』都面面厮覷，俱各駭然。花榮便道：『你衆位且不要慌。自古兵臨告急，必須死敵。教小嘍囉飽吃了酒飯，祇依着我行。先須力敵，後用智取，如此如此，好麽？』宋江道：『好計！正是如此行。』當時宋江、花榮先定了計策，便叫小嘍囉各自去準備。花榮自選了一騎好馬，一副衣甲，弓箭鐵槍都收拾了等候。

再說秦明領兵來到清風山下，離山十里下了寨栅。次日五更造飯了，軍士吃罷，放起一個信炮，直奔清風山來，揀空闊去處，擺開人馬，發起擂鼓。祇聽見山上鑼聲震天響，飛下一彪人馬出來。秦明勒住馬，横着狼牙棒，睜着眼看時，却見衆小嘍囉簇擁着小李廣花榮下山來。到得山坡前，一聲鑼響，列成陣勢。花榮在馬上擎着鐵槍，朝秦明聲個喏。秦明大喝道：『花榮，你祖代是將門之子，朝廷命官，教你做個知寨，掌握一境地方，食禄于國，有何虧你處，却去結連賊寇，背反朝廷？我今特來捉你。會事的下馬受縛，免得腥手污脚。量你何足道哉！』花榮陪着笑道：『總管容復聽稟：量花榮如何肯背反朝廷？實被劉高這厮無中生有，官報私仇，逼迫得花榮有家難奔，有國難投，權且躲避在此。望總管詳察救解。』秦明道：『你兀自不下馬受縛，更待何時？剗地巧言令色，煽惑軍心。』喝叫左右兩邊擂鼓。秦明輪動狼牙棒，直奔花榮。花榮大笑，喝道：『秦明，你這厮原來不識好人饒讓。我念你是個上司官，你道俺真個怕你！』便縱馬挺槍，來戰秦明。兩個就清風山下厮殺，真乃是棋逢敵手難藏幸，將遇良才好用功。這兩個將軍比試，但見：

一對南山猛虎，兩條北海蒼龍。龍怒時頭角峥嶸，虎鬥處爪牙獰惡。爪牙獰惡，似銀鈎不離錦毛團；頭角峥嶸，如銅葉振摇金色樹。翻翻復復，點鋼槍没半米放閑；往往來來，狼牙棒有千般解數。狼牙棒當頭劈下，離頂門祇隔分毫；點鋼槍用力刺來，望心坎微争半指。使點鋼槍的壯士，威風上逼斗牛寒；舞狼牙棒的將軍，怒氣起如雷電發。一個是扶持社稷天蓬將，一個是整頓江山黑煞神。

當下秦明和花榮兩個交手，鬥到四五十合，不分勝敗。花榮連鬥了許多合，賣個破綻，撥回馬望山下小路便走。秦明大怒，趕將來。花榮把槍去了事環上帶住，把馬勒個定，左手拈起弓，右手去拔箭，拽滿弓，扭過身軀，望秦明盔頂上祇一箭，正中盔上，射落斗來大那顆紅纓，却似報個信與他。秦明吃了一驚，不敢向前追趕，霍地撥回馬，恰要趕殺衆小嘍囉，一哄地都上山去了。花榮自從别路也轉上山寨去了。

秦明見他都走散了，心中越怒道：『叵耐這草寇無禮！』喝叫鳴鑼擂鼓，取路上山。衆軍齊聲吶喊，步軍先上山來。轉過三兩個山頭，祇見上面擂木、炮石、灰瓶、金汁，從險峻處打將下來。向前的退步不迭，早打倒三五十個。祇得再退下山來。

秦明是個性急的人，心頭火起，那裏按納得住，帶領軍馬，繞山下來尋路上山。尋到午牌時分，祇見西山邊鑼響，樹林叢中閃出一隊紅旗軍來。秦明引了人馬趕將去時，鑼也不響，紅旗都不見了。秦明看那路時，又没正路，都祇是幾條砍柴的小路，却把亂樹折木交叉當了路口，又不能上去得。

正待差軍漢開路，祇見軍漢來報道：『東山邊鑼響，一隊紅旗軍出來。』秦明引了人馬，飛也似奔過東山邊來看時，鑼也不鳴，紅旗也不見了。秦明縱馬去四下裏尋路時，都是亂樹折木塞斷了砍柴的路徑。

祇見探事的又來報道：『西邊山上鑼又響，紅旗軍又出來了。』秦明拍馬再奔來西山邊看時，又不見一個人，紅旗也没了。秦明是個急性的人，恨不得把牙齒都咬碎了。

正在西山邊氣忿忿的，又聽得東山邊鑼聲震地價響，急帶了人馬又趕過來東山邊看時，又不見有一個賊漢，紅旗都不見了。

秦明怒挺胸脯，又要趕軍漢上山尋路。祇聽得西山邊又發起喊來。秦明怒氣衝天，大驅兵馬投西山邊來，山上山下看時，并不見一個人。秦明喝叫軍漢兩邊尋路上山。數内有一個軍人稟説道：『這裏都不是正路，祇除非東南上有一條大路，可以上去。若是祇在這裏尋路上去時，惟恐有失。』秦明聽了，便道：『既有那條大路時，連夜趕將去。』便驅一行軍馬奔東南角上來。

看看天色晚了，又走得人困馬乏，巴得到那山下時，正欲下寨造飯，祇見山上火把亂起，鑼鼓亂鳴。秦明轉怒，引領四五十馬軍，跑上山來。祇見山上樹林内，亂箭射將下來，又射傷了些軍士。秦明祇得回馬下山，且教軍士祇顧造飯。恰才舉得火着，祇見山上有八九十把火光，呼風唿哨下來。秦明急待引軍趕時，火把一齊都滅了。當夜雖有月光，亦被陰雲籠罩，不甚明朗。秦明怒不可當，便叫軍士點起火把，燒那樹木。祇聽得山嘴上鼓笛之聲吹響。秦明縱馬上來看時，見山頂上點着十餘個火把，照見花榮陪侍着宋江，在上面飲酒。秦明看了，心中没出氣處，勒住馬在山下大罵。花榮回言道：『秦統制，你不必焦躁，且回去將息着。我明日和你并個你死我活的輸贏便罷。』秦明大叫道：『反賊，你便下來！我如今和你并個三百合，却再做理會！』花榮笑道：『秦總管，你今日勞困了，我便贏得你，也不爲强。你且回去，明日却來。』秦明越怒，祇管在山下罵。本待尋路上山，却又怕花榮的弓箭，因此祇在山坡下罵。

正叫罵之間，祇聽得本部下軍馬發起喊來。秦明急回到山下看時，祇見這邊山上，火炮、火箭一發燒將下來。背後二三十個小嘍囉做一群，把弓弩在黑影裏射人。衆軍馬發喊一聲，都擁過那邊山側深坑裏去躲。此時已有三

更時分。衆軍馬正躲得弩箭時，祇叫得苦，上溜頭滚下水來，一行人馬却都在溪裏，各自掙扎性命。爬得上岸的，盡被小嘍囉撓鉤搭住，活捉上山去了；爬不上岸的，盡淹死在溪裏。

且説秦明此時怒氣衝天，腦門粉碎。却見一條小路在側邊，秦明把馬一撥，搶上山來。走不到三五十步，和人連馬攧下陷坑裏去。兩邊埋伏下五十個撓鉤手，把秦明搭將起來，剥了渾身戰襖衣甲，頭盔軍器，拿條繩索綁了，把馬也救起來，都解上清風山來。

原來這般圈套，都是花榮和宋江的計策。先使小嘍囉，或在東，或在西，引誘得秦明人困馬乏，策立不定。預先又把這土布袋填住兩溪的水，等候夜深，却把人馬逼趕溪裏去，上面却放下水來，那急流的水都結果了軍馬。你道秦明帶出的五百人馬如何？一大半淹死在水中，都送了性命；生擒活捉有一百五七十人，奪了七八十匹好馬，不曾逃得一個回去。次後陷馬坑裏，活捉了秦明。

當下一行小嘍囉捉秦明到山寨裏，早是天明時候。五位好漢坐在聚義廳上。小嘍囉縛綁秦明，解在廳前。花榮見了，連忙跳離交椅，接下廳來，親自解了繩索，扶上廳來，納頭拜在地下。秦明慌忙答禮，便道：『我是被擒之人，由你們碎尸而死，何故却來拜我？』花榮跪下道：『小嘍囉不識尊卑，誤有冒瀆，切乞恕罪！』隨即便取衣服與秦明穿了。秦明問花榮道：『這位爲頭的好漢却是甚人？這清風山不曾見有。』花榮道：『這位是花榮的哥哥，鄆城縣宋押司宋江的便是。這三位是山寨之主，燕順、王英、鄭天壽。』秦明道：『這三位我自曉得。這宋押司莫不是唤做山東及時雨宋公明麽？』宋江答道：『小人便是。』秦明連忙下拜道：『聞名久矣，不想今日得會義士！』宋江慌忙答禮不迭。秦明見宋江腿脚不便，問道：『兄長如何貴足不便？』宋江却把自離鄆城縣起頭，直至劉知寨拷打的事故，從頭對秦明説了一遍。秦明祇把頭來摇道：『若聽一面之詞，誤了多少緣故！容秦明回州去對慕容知府説知此事。』燕順相留且住數日，隨即便叫殺牛宰馬，安排筵席飲宴。拿上山的軍漢，都藏在山後

房裏，也與他酒食管待。

秦明吃了數杯，起身道：『衆位壯士，既是你們的好情分，不殺秦明，還了我盔甲、馬匹、軍器回州去。』燕順道：『總管差矣。你既是引了青州五百兵馬都沒了，如何回得州去？慕容知府如何不見你罪責？不如權在荒山草寨住幾時。本不堪歇馬，權就此間落草，論秤分金銀，整套穿衣服，不强似受那大頭巾的氣？』秦明聽罷，便下廳道：『秦明生是大宋人，死爲大宋鬼。朝廷教我做到兵馬總管，兼受統制使官職，又不曾虧了秦明，我如何肯做强人，背反朝廷？你們衆位要殺時便殺了我，休想我隨順你們。』花榮趕下廳來拖住道：『秦兄長息怒，聽小弟一言。我也是朝廷命官之子，無可奈何，被逼迫的如此。總管既是不肯落草，如何相逼得你隨順？衹且請少坐，席終了時，小弟討衣甲、頭盔、鞍馬、軍器還兄長去。』秦明那裏肯坐。花榮又勸道：『總管夜來勞神費力了一日一夜，人也尚自當不得，那匹馬如何不喂得他飽了去？』秦明聽了，肚内尋思：『他説得是。』再上廳來，坐了飲酒。那五位好漢輪番把盞，陪話勸酒。秦明一則軟困，二乃吃衆好漢勸不過，開懷吃得醉了，扶入帳房睡了。這裏衆人自去行事，不在話下。

且説秦明一覺直睡到次日辰牌方醒。跳將起來，洗漱罷，便欲下山。衆好漢都來相留道：『總管，且吃早飯動身，送下山去。』秦明性急的人，便要下山。衆人慌忙安排些酒食管待了，取出頭盔、衣甲與秦明披挂了，牽過那匹馬來，并狼牙棒，先叫人在山下伺候。五位好漢都送秦明下山來，相别了，交還馬匹、軍器。

秦明上了馬，拿着狼牙棒，趁天色大明，離了清風山，取路飛奔青州來。到得十里路頭，恰好巳牌前後。遠遠地望見烟塵亂起，并無一個人來往。秦明見了，心中自有八分疑忌。到得城外看時，原來舊有數百人家，却都被火燒做白地，一片瓦礫場上，横七竪八，殺死的男子婦人，不計其數。秦明看了大驚。打那匹馬在瓦礫場上跑到城邊，大叫開門時，衹見門邊吊橋高拽起了，都擺列着軍士旌旗，擂木炮石。秦明勒着馬，大叫：『城上放下吊橋，度我入城。』城上早有人看見是秦明，便擂起鼓來，吶着喊。秦明叫道：『我是秦總管，如何不放我入城？』

衹見慕容知府立在城上女墻邊，大喝道：『反賊！你如何不識羞恥！昨夜引人馬來打城子，把許多好百姓殺了，又把許多房屋燒了。今日兀自又來賺哄城門。朝廷須不曾虧負了你，你這廝倒如何行此不仁！已自差人奏聞朝廷去了，早晚拿住你時，把你這廝碎尸萬段！』秦明大叫道：『公祖差矣。秦明因折了人馬，又被這廝們捉了上山去，方才得脱，昨夜何曾來打城子？』知府喝道：『我如何不認得你這廝的馬匹、衣甲、軍器、頭盔！城上衆人明明地見你指撥紅頭子殺人放火，你如何賴得過！便做你輸了被擒，如何五百軍人没一個逃得回來報信？你如今指望賺開城門取老小，你的妻子今早已都殺了。你若不信，與你頭看。』軍士把槍將秦明妻子首級挑起在槍上，教秦明看。秦明是個性急的人，看了渾家首級，氣破胸脯，分説不得，衹叫得苦屈。城上弩箭如雨點般射將下來，秦明衹得回避。看見遍野處火焰尚兀自未滅。

秦明回馬在瓦礫場上，恨不得尋個死處。肚裏尋思了半晌，縱馬再回舊路。行不得十來里，衹見林子裏轉出一伙人馬來。當先五匹馬上，五個好漢，不是别人，宋江、花榮、燕順、王英、鄭天壽。隨從一二百小嘍囉。宋江在馬上欠身道：『總管何不回青州，獨自一騎投何處去？』秦明見問，怒氣道：『不知是那個天不蓋、地不載、該剮的賊，裝做我去打了城子，壞了百姓人家房屋，殺害良民，倒結果了我一家老小。閃得我如今有家難奔，有國難投，着我上天無路，入地無門！我若尋見那人時，直打碎這條狼牙棒便罷！』宋江便道：『總管息怒。既然没了夫人，不妨，小人自當與總管做媒。我有個好見識，請總管回去，這裏難説，且請到山寨裏告禀。』一同便往。秦明衹得隨順，再回清風山來。于路無話，早到山亭前下馬。衆人一齊都進山寨内。小嘍囉已安排酒果肴饌在聚義廳上。五個好漢邀請秦明上廳，都讓他中間坐定。五個好漢齊齊跪下。秦明連忙答禮，也跪在地。

宋江開話道：『總管休怪。昨日因留總管在山，堅意不肯。却是宋江定出這條計來，叫小卒似總管模樣的，却穿了足下的衣甲、頭盔，騎着那馬，橫着狼牙棒，直奔青州城下，點撥紅頭子殺人。燕順、王矮虎帶領五十餘人助戰。衹做總管去家中取老小。因此殺人放火，先絕了總管歸路的念頭。今日衆人特地請罪！』秦明見說了，怒氣攢心。欲待要和宋江等廝并，却又自肚裏尋思。一則是上界星辰契合，二乃被他們軟困，以禮待之，三則又怕鬥他們不過，因此衹得納了這口氣。便說道：『你們弟兄雖是好意要留秦明，衹是害得我忒毒些個，斷送了我妻小一家人口！』宋江答道：『不恁地時，兄長如何肯死心塌地。雖然沒了嫂嫂夫人，宋江恰知得花知寨有一妹，甚是賢慧。宋江情願主婚，陪備財禮，與總管爲室，若何？』秦明見衆人如此相敬相愛，方才放心歸順。

衆人都讓宋江在居中坐了，秦明上首，花榮肩下，三個好漢依次而坐，大吹大擂飲酒，商議打清風寨一事。秦明道：『這事容易，不須衆弟兄費心。黃信那人亦是治下，二者是秦明教他的武藝，三乃和我過的最好。明日我便先去叫開柵門，一席話說他入伙投降，就取了花知寨寶眷，拿了劉高的潑婦，與仁兄報仇雪恨，作進見之禮，如何？』宋江大喜道：『若得總管如此慨然相許，却是多幸多幸！』當日筵席散了，各自歇息。次日早起來，吃了早膳，都各各披挂了。秦明上馬，先下山來，拿了狼牙棒，飛奔清風鎮來。

却說黃信自到清風鎮上，發放鎮上軍民，點起寨兵，曉夜提防，牢守柵門，又不敢出戰，累累使人探聽，不見青州調兵策應。當日衹聽得報道：『柵外有秦統制獨自一騎馬到來，叫開柵門。』黃信聽了，便上馬飛奔門邊看時，果是一人一騎，又無伴當。黃信便叫開柵門，放下吊橋，迎接秦總管入來，直到大寨公廳前下馬。請上廳來叙禮罷，黃信便問道：『總管緣何單騎到此？』秦明當下先說了損折軍馬，後說：『山東及時雨宋公明疏財仗義，結識天下好漢，誰不欽敬。他如今見在清風山上，我今次也在山寨入了伙。你又無老小，何不聽我言語，也去山寨入伙，免受那文官的氣？』黃信答道：『既然恩官在彼，黃信安敢不從。衹是不曾聽得說有宋公明在山上。今次却說及時雨宋公明，自何而來在山寨？』秦明笑道：『便是你前日解去的鄆城虎張三便是。他怕說出真名姓，惹起自己的官司，以此衹認說是張三。』黃信聽了跌脚道：『若是小弟得知是宋公明時，路上也是放了他！一時見不到處，衹聽了劉高一面之詞，險些壞了他性命。』秦明、黃信兩個正在公廨内商量起身，衹見寨兵報道：『有兩路軍馬鳴鑼擂鼓，殺奔鎮上來。』秦明、黃信聽得，都上了馬，前來迎敵軍馬。到得柵門邊望時，衹見塵土蔽日，殺氣遮天。

正是：兩路軍兵投鎮上，一行人馬下山來。

畢竟秦明、黃信怎地迎敵來軍，且聽下回分解。

第三十五回　石將軍村店寄書　小李廣梁山射雁

此回篇節至多，如清風寨起行是一節，對影山遇吕方、郭盛是一節，酒店遇石勇是一節，宋江得家書是一節，宋江奔喪是一節，山泊關防嚴密是一節，宋江歸家是一節。

讀清風寨起行一節，要看他將軍數、馬數、人數通計一遍，分調一遍，分明是一段《史記》。

讀對影山鬥戟一節，要看他忽然變作極耀艷之文。蓋寫少年將軍，定當如此。

讀酒店遇石勇一節，要看他寫得石將軍如猛虎當路，直是撩撥不得。衹是認得兩位豪杰，其顧盼雄毅便乃如此，何况身爲豪杰者，其于天下人當如何也！

讀宋江得家書一節，要看他寫石勇不便將家書出來，又不甚曉得家中事體，偏用筆筆捺住法；寫得宋江大喜，便又叙話飲酒，直待盡情盡致了，然後開出書來；却又不便説書中之事，再寫一句封皮逆封，又寫一句無『平安』字；皆用極奇拗之筆。

讀宋江奔喪一節，要看他活畫出奔喪人來秦明單飢説黄錫。至如麻鞋句，短棒句，馬句，則又分外妙筆也。

讀水泊一節，要看他設置雄麗，要看他號令精嚴，要看他謹守定規，要看他深謀遠慮，要看他盤詰詳審，要看他開誠布忠，要看他不昵所親之言，要看他不敢慢于遠方之人，皆作者極意之筆。

讀歸家一節，要看他忽然生一張社長作波，却恐疑其單薄，又反生一王社長陪之，可見行文要相形勢也。

話説當下秦明、黄信兩個到栅門外看時，望見兩路來的軍馬，却好都到。一路是宋江、花榮，一路是燕順、王矮虎，各帶一百五十餘人。黄信便叫寨兵放下吊橋，大開寨門，迎接兩路人馬都到鎮上。宋江早傳下號令：休要害一個百姓，休傷一個寨兵。叫先打入南寨，把劉高一家老小盡都殺了。王矮虎自先奪了那個婦人。小嘍囉盡把應有家私，金銀財物寶貨之資，都裝上車子，再有馬匹牛羊，盡數牽了。花榮自到家中，將應有的財物等項，裝載上車，搬取妻小妹子。内有清風鎮上人數，都發還了。衆多好漢收拾已了，一行人馬離了清風鎮，都回到山寨裏來。

車輛人馬都到山寨，向聚義廳上相會。黄信與衆好漢講禮罷，坐于花榮肩下。宋江叫把花榮老小安頓一所歇處，將劉高財物分賞與衆小嘍囉。王矮虎拿得那婦人，將去藏在自己房内。燕順便問道：『劉高的妻今在何處？』王矮虎答道：『今番須與小弟做個押寨夫人。』燕順道：『與却與你。且唤他出來，我有一句話説。』宋江便道：『我正要問他。』王矮虎便唤到廳前。那婆娘哭着告饒。宋江喝道：『你這潑婦！我好意救你下山，念你是個命官的恭人，你如何反將冤報？今日擒來，有何理説？』燕順跳起身來便道：『這等淫婦，問他則甚！』拔出腰刀，一刀揮爲兩段。王矮虎見砍了這婦人，心中大怒，奪過一把樸刀，便要和燕順交并。宋江等起身來勸住。宋江便道：『燕順殺了這婦人也是。兄弟，你看我這等一力救了他下山，教他夫妻團圓完聚，尚兀自轉過臉來叫丈夫害我。賢弟你留在身邊，久後有損無益。宋江日後别娶一個好的，教賢弟滿意。』燕順道：『兄弟便是這等尋思，不殺了要他何用？久後必被他害了。』王矮虎被衆人勸了，默默無言。燕順喝叫小嘍囉打掃過尸首血迹，且排筵席慶賀。

次日，宋江和黄信主婚，燕順、王矮虎、鄭天壽做媒説合，要花榮把妹子嫁與秦明。一應禮物，都是宋江和燕順出備。吃了三五日筵席。自成親之後，又過了五七日，小嘍囉探得事情，上山來報道：『打聽得青州慕容知府申將文書去中書省，奏説反了花榮、秦明、黄信，要起大軍來征剿掃蕩清風山。』衆好漢聽罷，商量道：『此間小寨，不是久戀之地。倘或大軍到來，四面圍住，又無退步，如何迎敵？若再無糧草，必是難逃。可以計較個常便。』宋江道：『小可有一計，不知中得諸位心否？』當下衆好漢都道：『願聞良策。望兄長指教。』宋江道：『自這南方有個去處，地名唤做梁山泊，方圓八百餘里，中間宛子城、蓼兒窪。晁天王聚集着三五千軍馬，把住着水泊，官兵捕盗，不敢正眼覷他。我等何不收拾起人馬，去那裏入伙？』秦明道：『既然有這個去處，却是十分好。衹是没人引進，他如何肯便納我們？』宋江大笑，却把這打劫生辰綱金銀一事，直説到劉唐寄書，將金子謝我，因此上殺了閻婆惜，逃走在江湖上。秦明聽了，大喜道：『恁地，兄長正是他那裏大恩人。事不宜遲，可以收拾起快去。』

祇就當日商量定了，便打并起十數輛車子，把老小并金銀財物衣服行李等件，都裝載車子上。共有三二百匹好馬。小嘍囉們有不願去的，齎發他些銀兩，任從他下山去投別主；有願去的編入隊裏，就和秦明帶來的軍漢，通有三五百人。宋江教分作三起下山，祇做去收捕梁山泊的官軍。山上都收拾的停當，裝上車子，放起火來，把山寨燒做光地。分爲三隊下山。宋江便與花榮先引着四五十人，三五十騎馬，簇擁着五七輛車子老小隊仗先行。秦明、黄信引領八九十匹馬和這應用車子作第二起。後面便是燕順、王矮虎、鄭天壽三個引着四五十匹馬，一二百人。離了清風山，取路投梁山泊來。于路中見了這許多軍馬，旗號上又明明寫着收捕草寇官軍，因此無人敢來阻當。在路行五七日，離得青州遠了。

且說宋江、花榮兩個騎馬在前頭，背後車輛載着老小，與後面人馬祇隔着二十來里遠近。前面到一個去處，地名唤對影山，兩邊兩座高山，一般形勢，中間却是一條大闊驛路。兩個在馬上正行之間，祇聽得前山裏鑼鳴鼓響。花榮便道：『前面必有强人。』把槍帶住，取弓箭來整頓得端正，再插放飛魚袋內。一面叫騎馬的軍士，催趲後面兩起軍馬上來，且把車輛人馬扎住了。宋江和花榮兩個引了二十餘騎軍馬，向前探路。

至前面半里多路，早見一簇人馬，約有一百餘人，前面簇擁着一個騎馬的年少壯士。怎生打扮？但見：

頭上三叉冠，金圈玉鈿；身上百花袍，錦織團花。甲披千道火龍鱗，帶束一條紅瑪瑙。騎一匹胭脂抹就如龍馬，使一條朱紅畫杆方天戟。背後小校，盡是紅衣紅甲。

那個壯士穿一身紅，騎一匹赤馬，立在山坡前，大叫道：『今日我和你比試，分個勝敗，見個輸赢。』祇見對過山岡子背後，早擁出一隊人馬來，也有百十餘人，前面也捧着一個年少騎馬的壯士。怎生模樣？但見：

頭上三叉冠，頂一團瑞雪；身上鑌鐵甲，披千點寒霜。素羅袍光射太陽，銀花帶色欺明月。坐下騎一匹徵腕玉獸，手中輪一枝寒戟銀蛟。背後小校，都是白衣白甲。

這個壯士穿一身白，騎一匹白馬，手中也使一枝方天畫戟。這一邊都是素白旗號，那壁都是絳紅旗號。祇見兩邊紅白旗摇，震地花腔鼓擂。那兩個壯士更不打話，各挺手中畫戟，縱坐下馬，兩個就中間大闊路上交鋒，比試勝敗。花榮和宋江見了，勒住馬看時，果然是一對好厮殺。正是：

棋逢敵手，將遇良才。但見絳霞影裏，卷一道凍地冰霜；白雪光中，起幾縷衝天火焰。故園冬暮，山茶和梅蕊争輝；上苑春濃，李粉共桃脂鬥彩。這個按南方丙丁火，似焰摩天上走丹爐；那個按西方庚辛金，如泰華峰頭翻玉井。宋無忌忿怒，騎火騾子飛走到人間；馮夷神生嗔，跨玉狻猊縱横臨世上。左右紅雲侵白氣，往來白霧間紅霞。

當時兩個壯士，各使方天畫戟，鬥到三十餘合，不分勝敗。花榮和宋江兩個在馬上看了喝采。花榮一步步趲馬向前看時，祇見那兩個壯士鬥到間深裏，這兩枝戟上，一枝是金錢豹子尾，一枝是金錢五色幡，却攪做一團，上面絨縧結住了，那裏分拆得開。花榮在馬上看見了，便把馬帶住，左手去飛魚袋内取弓，右手向走獸壺中拔箭，搭上箭，拽滿弓，覷着豹尾絨縧較親處，颼的一箭，恰好正把絨縧射斷。祇見兩枝畫戟分開做兩下，那二百餘人一齊喝聲采。

那兩個壯士便不鬥，都縱馬跑來，直到宋江、花榮馬前，就馬上欠身聲喏，都道：『願求神箭將軍大名。』花榮在馬上答道：『我這個義兄，乃是鄆城縣押司山東及時雨宋公明。我便是清風鎮知寨小李廣花榮。』那兩個壯士聽罷，扎住了戟，便下馬，推金山，倒玉柱，都拜道：『聞名久矣。』宋江、花榮慌忙下馬，扶起那兩位壯士道：『介胄在身，未可講禮。且請問二位壯士高姓大名。』那個穿紅的説道：『小人姓吕名方，祖貫潭州人氏。平昔愛學吕布爲人，因此習學這枝方天畫戟，人都喚小人做小温侯吕方。因販生藥到山東，消折了本錢，不能夠還鄉，權且占住這對影山，打家劫舍。近日走這個壯士來，要奪吕方的山寨。和他各分一山，他又不肯。因此每日下山厮殺。不想原來緣法注定，今日得遇及時雨尊顔，又遇得花將軍，名不虛傳。專聽二公指教。』宋江又問這穿白的壯士高姓。那人答道：『小人姓郭名盛，祖貫西川嘉陵人氏。因販水銀貨賣，黄河裏遭風翻了船，回鄉不得。原在嘉陵學得本處兵馬張提轄的方天戟，向後使得精熟，人都稱小人做賽仁貴郭盛。江湖上聽得説對影山有個使戟的占住了山頭，打家劫舍。因此一徑來比并戟法奪山。連連戰了十數日，不分勝敗。不期今日得遇二公，天與之幸。』

宋江把上件事都告訴了，『就與二位勸和如何？』二位壯士大喜，都依允了。後隊人馬已都到了，一個個都引着相見了。吕方先請上山，殺牛宰馬筵會。次日却是郭盛置酒設席筵宴。宋江就説他兩個撞籌入伙，湊隊上梁山泊去，投奔晁蓋聚義。那兩個歡天喜地，都依允了。便將兩山人馬點起，收拾了財物，待要起身。宋江便道：『且住。非是如此去。假如我這裏有三五百人馬投梁山泊去，他那裏亦有探細的人在四十里探聽。倘或衹道我們來收捕他，不是要處。等我和燕順先去報知了，你們隨後却來，還作三起而行。』花榮、秦明道：『兄長高見。正是如此計較，陸續進程。兄長先行半日，我等催督人馬，隨後起身來。』

且不説對影山人馬陸續登程。衹説宋江和燕順各騎了馬，帶領隨行十數人，先投梁山泊來。在路上行了兩日，當日行到晌午時分，正走之間，衹見官道傍邊一個大酒店。宋江看了道：『孩兒們走得困乏，都叫買些酒吃了過去。』當時宋江和燕順下了馬，入酒店裏來，叫孩兒們鬆了馬肚帶，都入酒店裏坐。

宋江和燕順先入店裏來看時，衹有三副大座頭，小座頭不多幾副。衹見一副大座頭上，先有一個在那裏占了。宋江看那人時，怎生打扮？但見：

裹一頂猪嘴頭巾，腦後兩個太原府金不換紐絲銅環。上穿一領皂綢衫，腰系一條白搭膊，下面腿絣護膝，八搭麻鞋。桌子邊倚着根短棒，橫頭上放着個衣包。

那人生得八尺來長，淡黄骨查臉，一雙鮮眼，没根髭髯。宋江便叫酒保過來，説道：『我的伴當人多，我兩個借你裏面坐一坐。你叫那個客人移换那副大座頭與我伴當們坐地吃些酒。』酒保應道：『小人理會得。』宋江與燕順裏面坐了，先叫酒保打酒來：『大碗先叫伴當一人三碗，有肉便買些來與他衆人吃，却來我這裏斟酒。』酒保又見伴當們都立滿在爐邊。酒保却去看着那個公人模樣的客人道：『有勞上下，挪借這副大座頭與裏面兩個官人的伴當坐一坐。』那漢嗔怪呼他做『上下』，便焦躁道：『也有個先來後到！什麼官人的伴當要换座頭！老爺不换！』燕順聽了，對宋江道：『你看他無禮麽？』宋江道：『由他便了，你也和他一般見識。』却把燕順按住了。

衹見那漢轉頭看了宋江、燕順冷笑。酒保又陪小心道：『上下，周全小人的買賣，换一换有何妨？』那漢大怒，拍着桌子道：『你這鳥男女好不識人！欺負老爺獨自一個，要换座頭。便是趙官家，老爺也鱉鳥不换！高則聲，大脖子拳不認得你！』酒保道：『小人又不曾説什麽。』那漢喝道：『量你這厮敢説什麽！』燕順聽了，那裏忍耐得住，便説道：『兀那漢子，你也鳥强！不换便罷，没可得鳥嚇他。』那漢便跳起來，綽了短棒在手裏，便應道：『我自罵他，要你多管！老爺天下衹讓得兩個人，其餘的都把來做脚底下的泥！』燕順焦躁，便提起板凳，却待要打將去。

宋江因見那人出語不俗，横身在裏面勸解：『且都不要鬧。我且請問你，你天下衹讓的那兩個人？』那漢道：『我説與你，驚得你呆了！』宋江道：『願聞那兩個好漢大名。』那漢道：『一個是滄州横海郡柴世宗的孫子唤做小旋風柴進柴大官人。』宋江暗暗的點頭。又問道：『那一個是誰？』那漢道：『這一個又奢遮，是鄆城縣押司山東及時雨呼保義宋公明。』宋江看了燕順暗笑。燕順早把板凳放下了。那漢又道：『老爺衹除了這兩個，便是大宋皇帝，也不怕他！』宋江道：『你且住，我問你。你既説起這兩個人，我却都認得。柴大官人、宋江，你在那裏與他兩個厮會？』那漢道：『你既認得，我不説謊。三年前在柴大官人莊上住了四個月有餘，衹不曾見得宋公明。』宋江道：『你曾認得黑三郎麽？』那漢道：『你既説起，我如今正要去尋他。』宋江問道：『誰教你尋他？』那漢道：『他的親兄弟鐵扇子宋清，教我寄家書去尋他。』

宋江聽了大喜，向前拖住道：『有緣千里來相會，無緣對面不相逢！衹我便是黑三郎宋江。』那漢相了一面，便拜道：『天幸使令小弟得遇哥哥，争些兒錯過，空去孔太公那裏走一遭。』宋江便把那漢拖入裏面，問道：『家中近日没甚事？』那漢道：『哥哥聽稟：小人姓石名勇，原是大名府人氏。日常衹靠放賭爲生，本鄉起小人一個异名，唤做石將軍。爲因賭博上一拳打死了個人，逃走在柴大官人莊上。多聽得往來江湖上人説哥哥大名，因此特去鄆城縣投奔哥哥。却又聽得説道爲事在逃。因見四郎，聽得小人説起柴大官人來，却説哥哥在白虎山孔太公莊上。因此又令小弟要拜識哥哥。四郎特寫這封家書與小人寄來孔太公莊上，如尋見哥哥時，「可叫兄長作急回來」。』宋江見説，心中疑惑，便問道：『你到我莊上住了幾日，曾見我父親麽？』石勇道：『小人在彼衹住的一夜便來了，不曾得見太公。』宋江把上梁山泊一節都對石勇説了。石勇道：『小人自離了柴大官人莊上，江湖中也衹聞得哥哥大名，疏財仗義，濟困扶危。如今哥哥既去那裏入伙，是必携帶。』宋江道：『這個不必你説，何争你一個人。且來和燕順厮見。』叫：『酒保，一面這裏斟酒，莫要别處去。』三杯酒罷，石勇便去包裹内取出家書，慌忙遞與宋江。

宋江接來看時，封皮逆封着，又没平安二字。宋江心内越是疑惑，連忙扯開封皮，從頭讀至一半，後面寫道：

『父親于今年正月初頭，因病身故，現今停喪在家，專等哥哥來家遷葬。千萬，千萬！切不可誤！宋清泣血奉書。』

宋江讀罷，叫聲苦，不知高低，自把胸脯捶將起來，自駡道：『不孝逆子，做下非爲，老父身亡，不能盡人子之道，畜生何异！』自把頭去壁上磕撞，大哭起來。燕順、石勇抱住。宋江哭得昏迷，半晌方才蘇醒。燕順、石勇兩個勸道：『哥哥且省煩惱。』宋江便分付燕順道：『不是我寡情薄意，其實衹有這個老父記挂。今已殁了，衹得星夜趕歸去奔喪。教兄弟們自上山則個。』燕順勸道：『哥哥，太公既已殁了，便到家時，也不得見了。世上人無有不死的父母。且請寬心，引我們弟兄去了，那時小弟却陪侍哥哥歸去奔喪，未爲晚矣。自古道：蛇無頭而不行。若無仁兄去時，他那裏如何肯收留我們？』宋江道：『若等我送你們上山去時，誤了我多少日期，却是使不得。我衹寫一封備細書札，都説在内，就帶了石勇一發入伙，等他們一處上山。我如今不知便罷，既是天教我知了，正是度日如年，燒眉之急。我馬也不要，從人也不帶，一個連夜自趕回家。』燕順、石勇那裏留得住。

宋江問酒保借筆硯，討了一幅紙，一頭哭着，一面寫書，再三叮嚀在上面。寫了，封皮不粘，交與燕順收了。討石勇的八搭麻鞋穿上，取了些銀兩藏放在身邊，跨了一口腰刀，就拿了石勇的短棒，酒食都不肯沾唇，便出門要走。燕順道：『哥哥也等秦總管、花知寨都來相見一面，去也未遲。』宋江道：『我不等了。我的書去，并無阻滯。石家賢弟自説備細緣故，可爲我上復衆兄弟們，可憐見宋江奔喪之急，休怪則個。』宋江恨不得一步跨到家中，飛也似獨自一個去了。

且説燕順同石勇，衹就那店裏吃了些酒食點心，還了酒錢。却教石勇騎了宋江的馬，帶了從人，衹離酒店三五里路，尋個大客店，歇了等候。次日辰牌時分，全伙都到。燕順、石勇接着，備細説宋江哥哥奔喪去了。衆人都埋怨燕順道：『你如何不留他一留？』石勇分説道：『他聞得父親殁了，恨不得自也尋死，如何肯停脚，巴不得飛到家裏。寫了一封備細書札在此，教我們衹顧去，他那裏看了書，并無阻滯。』花榮與秦明看了書，與衆人商議道：『事在途中，進退兩難，回又不得，散了又不成，衹顧且去。還把書來封了，都到山上看，那裏不容，却别作道理。』

九個好漢并作一伙，帶了三五百人馬，漸近梁山泊來，尋大路上山。一行人馬正在蘆葦中過，衹見水面上鑼鼓振響。衆人看時，漫山遍野，都是雜彩旗幡。水泊中棹出兩隻快船來。當先一隻船上，擺着三五十個小嘍囉，船頭上中間坐着一個頭領，乃是豹子頭林沖。背後那隻哨船上，也是三五十個小嘍囉，船頭上也坐着一個頭領，乃是赤髮鬼劉唐。前面林沖在船上喝問道：「汝等是什麽人？那裏的官軍？敢來收捕我們！教你人人皆死，個個不留，你也須知俺梁山泊的大名！」花榮、秦明等都下馬立在岸邊，答應道：「我等衆人非是官軍。有山東及時雨宋公明哥哥書札在此，特來相投大寨入伙。」林沖聽了道：「既有宋公明兄長的書札，且請過前面，到朱貴酒店裏，先請書來看了，却來相請厮會。」船上把青旗衹一招，蘆葦早棹出一隻小船，上有三個漁人，一個看船，兩個上岸來說道：「你們衆位將軍都跟我來。」水面上那兩隻哨船，一隻船上把白旗招動，銅鑼響處，兩隻哨船一齊去了。

一行衆人看了，都驚呆了，說道：「端的此處，官軍誰敢侵傍！我等山寨如何及得！」衆人跟着兩個漁人，從大寬轉直到旱地忽律朱貴酒店裏。朱貴見說了，迎接衆人都相見了，便叫放翻兩頭黄牛，散了分例酒食。討書札看了。先向水亭上放一枝響箭，射過對岸。蘆葦中早摇過一隻快船來。朱貴便喚小嘍囉分付罷，叫把書先賫上山去報知。一面店裏殺宰猪羊，管待九個好漢。把軍馬屯住，在四散歇了。

第二日辰牌時分，衹見軍師吳學究自來朱貴酒店裏迎接衆人。一個個都相見了。叙禮罷，動問備細。早有二三十隻大白棹船來接。吳用、朱貴邀請九位好漢下船，老小車輛人馬行李亦各自都搬在各船上，前望金沙灘來。上得岸，松樹徑裏，衆多好漢隨着晁頭領，全副鼓樂來接。晁蓋爲頭，與九個好漢相見了，迎上關來，各自乘馬坐轎，直到聚義廳上。一對對講禮罷。左邊一帶交椅上，却是晁蓋、吳用、公孫勝、林沖、劉唐、阮小二、阮小五、阮小七、杜遷、宋萬、朱貴、白勝。那時白日鼠白勝，數月之前，已從濟州大牢裏越獄，逃得到了山上入伙。皆是吳學究使人去用度，救得白勝脱身。右邊一帶交椅上，却是花榮、秦明、黄信、燕順、王英、鄭天壽、吕方、郭盛、石勇。列兩行坐下，共是二十一位好漢。中間焚起一爐香來，各設了誓。當日大吹大擂，殺牛宰馬筵席。一面叫新到火伴，廳下參拜了，自和小頭目管待筵席。收拾了後山房舍，教搬老小家眷都安頓了。秦明、花榮在席上稱贊宋公明許

多好處，清風山報冤相殺一事，衆頭領聽了大喜。後說吕方、郭盛兩個比試戟法，花榮一箭射斷絨絛，分開畫戟。晁蓋聽罷，意思不信，口裏含糊應道：「直如此射得親切，改日却看比箭。」

當日酒至半酣，食供數品，衆頭領都道：「且去山前閑玩一回，再來赴席。」當下二十一位頭領相謙相讓，下階閑步樂情，觀看山景。行至寨前第三關上，衹聽得空中數行賓鴻嘹亮。花榮尋思道：「晁蓋却才意思，不信我射斷絨絛。何不今日就此施逞些手段，教他們衆人看，日後敬伏我？」把眼一觀，隨行人伴數内却有帶弓箭的。花榮便問他討過一張弓來，在手看時，却是一張泥金鵲畫細弓，正中花榮意。急取過一枝好箭，便對晁蓋道：「恰才兄長見説花榮射斷絨絛，衆頭領似有不信之意。遠遠的有一行雁來，花榮未敢誇口，小弟這枝箭，要射雁行内第三隻雁的頭上。射不中時，衆頭領休笑。」花榮搭上箭，拽滿弓，覷得親切，望空中衹一箭射去。看時，但見：

鵲畫弓彎開秋月，雕翎箭發迸寒星。塞雁排空，八字縱横不亂；將軍拈箭，一發端的不差。孤影向雲中倒墜，數聲在草内哀鳴。血模糊半涴緑梢翎，大寨下衆人齊喝采。

當下花榮一箭，果然正中雁行内第三隻，直墜落山坡下。急叫軍士取來看時，那枝箭正穿在雁頭上。晁蓋和衆頭領看了，盡皆駭然，都稱花榮做神臂將軍。吳學究稱贊道：「休言將軍比小李廣，便是養由基也不及神手。真乃是山寨有幸。」自此梁山泊無一個不欽敬花榮。

衆頭領再回廳上筵會，到晚各自歇息。次日，山寨中再備筵席，議定坐次。本是秦明才及花榮，因爲花榮是秦明大舅，衆人推讓花榮在林沖肩下坐了第五位，秦明第六位，劉唐坐了第七位，黄信坐第八位，三阮之下，便是燕順、王矮虎、吕方、郭盛、鄭天壽、石勇、杜遷、宋萬、朱貴、白勝，一行共是二十一個頭領坐定。慶賀筵宴已畢，義聚梁山泊。山寨裏添造大船屋宇，車輛什物，打造槍刀軍器，鎧甲頭盔，整頓旌旗袍襖，弓弩箭矢，準備抵捕官軍，不在話下。

却說宋江自離了村店，連夜趕歸。當日申牌時候，奔到本鄉村口張社長酒店裏暫歇一歇。那張社長却和宋江家來往得好。張社長見了宋江容顏不樂，眼泪暗流。張社長動問道：『押司有年半來不到家中，今日且喜歸來，如何尊顔有些煩惱，心中爲甚不樂？且喜官事已遇赦了，必是减罪了。』宋江答道：『老叔自說得是。家中官事且靠後。衹有一個生身老父殁了，如何不煩惱！』張社長大笑道：『押司真個也是作耍？令尊太公却才在我這裏吃酒了回去，衹有半個時辰來去，如何却說這話？』宋江道：『老叔休要取笑小侄。』便取出家書，教張社長看了。『兄弟宋清明明寫道：父親于今年正月初頭殁了，專等我歸來奔喪。』張社長看罷，說道：『呸，那得這般事！衹午時前後和東村王太公在我這裏吃酒了去，我如何肯說謊？』宋江聽了，心中疑影没做道理處，尋思了半晌，衹等天晚，別了社長，便奔歸家。

入得莊門看時，没些動静。莊客見了宋江，都來參拜。宋江便問道：『我父親和四郎有麽？』莊客道：『太公每日望得押司眼穿，今得歸來，却是歡喜。方才和東村裏王社長，在村口張社長店裏吃酒了回來，睡在裏面房内。』宋江聽了大驚，撇了短棒，徑入草堂上來。衹見宋清迎着哥哥便拜。宋江見了兄弟不戴孝，心中十分大怒，便指着宋清駡道：『你這忤逆畜生，是何道理！父親見今在堂，如何却寫書來戲弄我？教我兩三遍自尋死處，一哭一個昏迷。你做這等不孝之子！』

宋清却待分說，衹見屏風背後轉出宋太公來，叫道：『我兒不要焦躁。這個不干你兄弟之事，是我每日思量要見你一面，因此教宋清衹寫道我殁了，你便歸來得快。我又聽得人說，白虎山地面多有强人，又怕你一時被人擄掇落草去了，做個不忠不孝的人。爲此急急寄書去喚你歸家。又得柴大官人那裏來的石勇寄書去與你。這件事盡都是我主意，不干四郎之事，你休埋怨他。我恰才在張社長店裏回來，睡在房裏，聽得是你歸來了。』

宋江聽罷，納頭便拜太公，憂喜相伴。宋江又問父親道：『不知近日官司如何？已經赦宥，必然减罪，適間伏侍父親終身。」宋太公道：「既是孩兒恁地說時，我自來上下使用，買個好去處。」

宋江便上梯來叫道：「你們且不要鬧。我的罪犯又不該死，今已赦宥，必已減等。且請二位都頭進敝莊少叙三杯，明日一同見官。」趙能道：「你休使見識賺我入來！」宋江道：「我如何連累父親兄弟。你們祇顧進家裏來。」

宋江便下梯子來，開了莊門，請兩個都頭到莊裏堂上坐下，連夜殺鷄宰鵝，置酒相待。那一百土兵人等，都與酒食管待，送些錢物之類。取二十兩花銀，把來送與兩位都頭做好看錢。

當夜，兩個都頭在宋江莊上歇了。次早五更，同到縣前下處。等待天明，解到縣裏來時，知縣才出升堂。祇見都頭趙能、趙得押解宋江出官。知縣時文彬見了大喜，責令宋江供狀。當下宋江一筆供招：「不合于前年秋間，典贍到閻婆惜爲妾。爲因不良，一時恃酒，爭論鬥毆，致被誤殺身死，一向避罪在逃。今蒙緝捕到官，取勘前情，所供甘罪無詞。」

知縣看罷，且叫收禁牢裏監候。滿縣人見說拿得宋江，誰不愛惜他，都替他去知縣處告說討饒，備說宋江平日的好處。「亦且閻婆惜家又没了苦主，祇是相公方便他則個。」知縣自心裏也有八分出豁他。當時依准了供狀，免上長枷手杻，祇散禁在牢裏。宋太公自來買上告下，使用錢帛。那時閻婆已自身故了半年，這張三又没了粉頭，不來做甚冤家。縣裏迭成文案，待六十日限滿，結解上濟州聽斷。本州府尹看了申解情由，赦前恩宥之事，已成減罪。擬定得罪犯，將宋江脊杖二十，刺配江州牢城。本州官吏亦有認得宋江的，更兼他又有錢帛使用，名喚做斷杖刺配，又無苦主執證，衆人維持下來，都不甚深重。當廳帶上行枷，押了一道牒文，差兩個防送公人，無非是張千、李萬。

當下兩個公人領了公文，監押宋江到州衙前。宋江的父親宋太公同兄弟宋清都在那裏等候，置酒相請管待兩個公人，齎發了些銀兩與他放寬。教宋江換了衣服，打拴了包裹，穿上麻鞋。宋太公喚宋江到僻靜處叮囑道：「我知江州是個好地面，魚米之鄉，特地使錢買將那裏去。你可寬心守耐。我自使四郎來望你。盤纏有便人常常寄來。你如今此去，正從梁山泊過。倘或他們下山來劫奪你入伙，切不可依隨他，教人罵做不忠不孝。此一節牢記于心。孩兒，路上慢慢地去。天可憐見，早得回來，父子團圓，弟兄完聚！」宋江灑泪拜辭了父親。兄弟宋清送一程路。宋江臨別時囑付兄弟道：「我的官司此去不要你們憂心。祇有父親年紀高大，我又不能盡人子之道，累被官司纏擾，背井離鄉而去。兄弟，你早晚祇在家侍奉，休要爲我來江州來，弃撇父親，無人看顧。我自江湖上相識多，見的那一個不相助？盤纏自有對付處。天若見憐，有一日歸來也。」宋清灑泪拜辭了，自回家中去侍奉父親宋太公，不在話下。

殺人亡命匿家山，暮夜追兵欲避難。自此便從縲紲去，江州行見展雲翰。

祇說宋江自和兩個公人上路。那張千、李萬已得了宋江家中銀兩，又因他是個好漢，因此于路上祇是伏侍宋江。三個人上路，行了一日，到晚投客店安歇了，打火做些飯吃，又買些酒肉請兩個公人。宋江對他說道：「實不瞞你兩個說，我們明日此去，正從梁山泊邊過。山寨上有幾個好漢，聞我的名字，怕他下山來奪我，枉驚了你們。我和你兩個明日早起些，祇揀小路裏過去，寧可多走幾里不妨。」兩個公人道：「押司，你不說，俺們如何得知。我等自認得小路過去，定不得撞着他們。」

當夜計議定了。次日，起個五更來打火。兩個公人和宋江離了客店，祇從小路裏走。約莫也走了三十裏路，祇見前面山坡背後轉出一伙人來。宋江看了，祇叫得苦。來的不是別人，爲頭的好漢正是赤髮鬼劉唐，將領着三五十人，便來殺那兩個公人。這張千、李萬唬做一堆兒跪在地下。宋江叫道：「兄弟！你要殺誰？」劉唐道：「哥哥！不殺了這兩個男女，等什麼！」宋江道：「不要你污了手，把刀來我殺便了。」兩個人祇叫得苦：「今番倒不好了。」劉唐把刀遞與宋江。宋江接過，問劉唐道：「你殺公人何意？」劉唐答道：「奉山上哥哥將令，特使人打聽得哥哥吃官司，直要來鄆城縣劫牢。却知道哥哥不曾在牢裏，不曾受苦。今番打聽得斷配江州，祇怕路上錯了當下四個人進山岩邊人肉作房裏，衹見剥人凳上挺着宋江和兩個公人，顛倒頭放在地下。那大漢看見宋江，却又不認得，相他臉上金印，又不分曉。沒可尋思處，猛想起道：『且取公人的包裹來，我看他公文便知。』那人道：『説得是。』便去房裏取過公人的包裹打開，見了一錠大銀，尚有若干散碎銀兩。解開文書袋來，看了差批，衆人衹叫得『慚愧』。那大漢便道：『天使令我今日上嶺來，早是不曾動手，争些兒誤了我哥哥性命。』正是：

冤仇還報難回避，機會遭逢莫遠圖。踏破鐵鞋無覓處，得來全不費工夫。

那大漢便叫那人：『快討解藥來，先救起我哥哥。』那人也慌了，連忙調了解藥，便和那大漢去作房裏，先開了枷，扶將起來，把這解藥灌將下去。四個人將宋江扛出前面客位裏，那大漢扶住着，漸漸醒來，光着眼，看了衆人立在面前，又不認得。衹見那大漢教兩個兄弟扶住了宋江，納頭便拜。宋江問道：『是誰？我不是夢中麽？』衹見賣酒的那人也拜。宋江答禮道：『兩位大哥請起。這裏正是那裏？不敢動問二位高姓？』那大漢道：『小弟姓李名俊，祖貫廬州人氏。專在揚子江中撑船梢公爲生，能識水性。人都呼小弟做混江龍李俊便是。這個賣酒的是此間揭陽嶺人，衹靠做私商道路，人盡呼他做催命判官李立。這兩個兄弟是此間潯陽江邊人，專販私鹽來這裏貨賣，却是投奔李俊家安身。大江中伏得水，駕得船，是弟兄兩個：一個唤做出洞蛟童威，一個叫做翻江蜃童猛。』兩個也拜了宋江四拜。宋江問道：『却才麻翻了宋江，如何却知我姓名？』李俊道：『小弟有個相識，近日做買賣從濟州回來，説道哥哥大名，爲事發在江州牢城來。李俊未得拜識尊顔，往常思念，衹要去貴縣拜識哥哥。衹爲緣分淺薄，不能夠去。今聞仁兄來江州，必從這裏經過。小弟連連在嶺下等接仁兄五七日了，不見來。今日無心，天幸使令李俊同兩個弟兄上嶺來，就買杯酒吃，遇見李立，説將起來。因此小弟大驚，慌忙去作房裏看了，却又不認得哥哥。猛可思量起來，取討公文看了，才知道是哥哥。不敢拜問仁兄，聞知在鄆城縣做押司，不知爲何事配來江州？』宋江把這殺了閻婆惜，直至石勇村店寄書，回家事發，今次配來江州，備細説了一遍。四人稱嘆不已。

李立道：『哥哥何不衹在此間住了，休上江州牢城去受苦？』宋江答道：『梁山泊苦死相留，我尚兀自不肯住，恐怕連累家中老父。此間如何住得！』李俊道：『哥哥義士，必不肯胡行，你快救起那兩個公人來。』李立連忙叫了火家，已都歸來了。便把公人扛出前面客位裏來，把解藥灌將下去，救得兩個公人起來，面面厮覷，你看我，我看你，都對宋江説道：『此間店裏恁麽好酒，我們又吃不多，便恁醉了！記着他家，我們回來還在這裏買吃。』衆人聽了都笑。

當晚李立置酒管待衆人，在家裏過了一夜。次日，又安排了酒食管待了，送出包裹，還了宋江并兩個公人。當時相別了。宋江自和李俊、童威、童猛、兩個公人下嶺來，徑到李俊家歇下。置備酒食，殷勤相待，結拜宋江爲兄，留住家裏。過了數日，宋江要行，李俊留不住，取些銀兩賫發兩個公人。宋江再帶上行枷，收拾了包裹行李，辭别李俊、童威、童猛，離了揭陽嶺下，取路望江州來。

三個人行了半日，早是未牌時分。行到一個去處，衹見人烟輳集，市井喧嘩。正來到市鎮上，衹見那裏一伙人圍住着看。宋江分開人叢，也挨入去看時，却原是一個使槍棒賣膏藥的。宋江和兩個公人立住了脚，看他使了一回槍棒。那教頭放下了手中槍棒，又使了一回拳。宋江喝采道：『好槍棒拳脚！』那人却拿起一個盤子來，口裏開呵道：『小人遠方來的人，投貴地特來就事。雖無驚人的本事，全靠恩官作成，遠處誇稱，近方賣弄。如要筋重膏，當下取贖；如不用膏藥，可煩賜些銀兩銅錢，賫發咱家，休教空過了盤子。』那教頭盤子掠了一遭，沒一個出錢與他。那漢又道：『看官高抬貴手！』又掠了一遭，衆人都白着眼看，又沒一個出錢賞他。宋江見他惶恐，掠了兩遭沒人出錢，便叫公人取出五兩銀子來。宋江叫道：『教頭，我是個犯罪的人，沒甚與你。這五兩白銀權表薄意，休嫌輕微。』那漢子得了這五兩白銀，托在手裏，便收呵道：『恁地一個有名的揭陽鎮上，沒一個曉事的好漢抬舉咱家！難得這位恩官，本身現自爲事在官，又是過往此間，顛倒賫發五兩白銀！正是：「當年却笑鄭元和，衹向青樓買笑歌。慣使不論家豪富，風流不在着衣多。』這五兩銀子强似别的五十兩，自家拜揖，願求恩官高姓大名，使小人天下傳揚。』宋江答道：『教師，量這些東西直得幾多，不須致謝。』正説之間，衹見人叢裏一條大漢分開人衆，搶近前來，大喝道：『兀那厮是什麽鳥漢！那裏來的囚徒，敢來滅俺揭陽鎮上威風！』搦着雙拳來打宋江。不因此起相争，有分教：潯陽江上，聚數籌攪海蒼龍的好漢，梁山泊中，添一伙爬山猛虎的英雄。

畢竟來打宋江的是什麽樣人，且聽下回分解。

第三十七回　没遮攔追趕及時雨　船火兒大鬧潯陽江

此書寫一百七人，都有一百七人行徑心地，然曾未有如宋江之權詐不定者也。其結識天下好漢也，初無青天之曠蕩，明月之皎潔，春雨之太和，夏霆之徑直，惟一銀子而已矣。以銀子爲之張本，而于是自言孝父母，斯不畏天下之人不信其孝父母也；自言敬天地，斯不畏天下之人不信其敬天地也；自言尊朝廷，斯不畏天下之人不信其尊朝廷也；自言惜朋友，斯不畏天下之人不信其惜朋友也。嗚呼！天下之人，而至于惟銀子是愛，而不覺出其根底，盡爲宋江所窺，因而并其性格，亦遂盡爲宋江之所提起放倒，陰變陽易，是固天下之人之醜事。然宋江以區區猾吏，而徒以銀子一物買遍天下，而遂欲自稱于世爲孝義黑三，以陰圖他日晁蓋之一席。此其醜事，又曷可耐乎？作者深惡世間每有如是之人，于是旁借宋江，特爲立傳，而處處寫其單以銀子結人，蓋是誅心之筆也。

天下之人，莫不自親于宋江，然而親之至者，花榮其尤著也。然則花榮迎之，宋江宜無不來；花榮留之，宋江宜無不留；花榮要開枷，宋江宜無不開耳。乃宋江者，方且上援朝廷，下申父訓，一時遂若百花榮曾不得勸宋江暫開一枷也者。而于是山泊諸人，遂真信爲宋江之枷，必至江州牢城方始開放矣。作者惡之，故特于揭陽嶺上，書曰：『先開了枷』；于别李立時，書曰：『再帶上枷』；于穆家門房裏書曰：『這裏又無外人，一發除了行枷』，又書曰：『宋江道：「説得是。」當時去了行枷』；于逃走時，書曰：『宋江自提了枷』；于張横口中，書曰：『却又項上不帶行枷』；于穆弘叫船時，書曰：『衆人都在江邊，安排行枷』；于江州上岸時，書曰：宋江方才『帶上行枷』；于蔡九知府口中，書曰：『你爲何枷上没了封皮』；于點視廳前，書曰：『除了行枷』。凡九處，特書行枷，悉與前文花榮要開一段遥望擊應。嗟乎！以親如花榮而尚不得宋江之真心，然則如宋江之人，又可與之一朝居乎哉！

此篇節節生奇，層層追險。節節生奇，奇不盡不止。層層追險，險不絶必追。真令讀者到此，心路都休，目光盡滅，有死之心，無生之望也。如投宿店不得，是第一追；尋着村莊，却正是寃家家裏，是第二追；撥壁逃走，乃是大江截住，是第三追；沿江奔去，又值横港，是第四追；甫下船，追者亦已到，是第五追；岸上人又認得梢公，是第六追；艎板下摸出刀來，是最後一追，第七追也。一篇真是脱一虎機，踏一虎機，令人一頭讀，一頭嚇，不惟讀亦讀不及，雖嚇亦嚇不及也。

此篇于宋江恪遵父訓，不住山泊後，忽然閑中寫出一句不滿其父語，一句悔不住在山泊語，皆作者用筆極冷，寓意極嚴處，處處不得漏過。

話説當下宋江不合將五兩銀子賫發了那個教師。衹見那大漢睁着眼喝道：『這廝那裏學得這些鳥槍棒，來俺這揭陽鎮上逞强！我已分付了衆人休睬他，你這廝如何賣弄有錢，把銀子賞他，滅俺揭陽鎮上的威風！』宋江應道：『我自賞他銀兩，却干你甚事？』那大漢揪住宋江喝道：『你這賊配軍，敢回我話！』宋江説道：『做什麽不敢回你話？』那大漢提起雙拳劈臉打來，宋江躲個過，那大漢又趕入一步來。宋江却待要和他放對，衹見那個使槍棒的教頭從人背後趕將來，一隻手揪住那大漢頭巾，一隻手提住腰胯，望那大漢肋骨上衹一兜，踉蹌一跤，顛翻在地。那大漢却待掙扎起來，又被這教頭衹一脚踢翻了。兩個公人勸住教頭。那大漢從地下爬將起來，看了宋江和教頭，説道：『使得使不得，叫你兩個不要慌！』一直望南去了。

宋江且請問：『教頭高姓？何處人氏？』教頭答道：『小人祖貫河南洛陽人氏，姓薛名永。祖父是老種經略相公帳前軍官，爲因惡了同僚，不得升用。子孫靠使槍棒賣藥度日。江湖上但唤小人病大蟲薛永。不敢拜問恩官高姓大名？』宋江道：『小可姓宋名江，祖貫鄆城縣人氏。』薛永道：『莫非山東及時雨宋公明麽？』宋江道：『小可便是。何足道哉！』薛永聽罷，便拜道：『聞名不如見面，見面勝似聞名。』宋江連忙扶住道：『少叙三杯如何？』薛永道：『好。正要拜識尊顔，小人無門得遇兄長。』慌忙收拾起槍棒和藥囊，同宋江便往鄰近酒肆内去吃酒。衹見酒家説道：『酒肉自有，衹是不敢賣與你們吃。』宋江問道：『緣何不賣與我們吃？』酒家道：『却才和你們厮打的大漢，已使人分付了：若是賣與你們吃時，把我這店子都打得粉碎。我這裏却是不敢惡他。這人是此間揭陽鎮上一霸，誰敢不聽他説！』宋江道：『既然恁地，我們去休。那廝必然要來尋鬧。』薛永道：『小人也去店裏算了房錢還他，一兩日間也來江州相會。兄長先行。』宋江又取一二十兩銀子與了薛永，相辭了自去。

宋江衹得自和兩個公人也離了酒店，又自去一處吃酒，那店家説道：『小郎已自都分付了，我們如何敢賣與你們吃！你枉走，乾自費力，不濟事。他盡着人分付了。』宋江和兩個公人都則聲不得。連連走了幾家，都是一般話説。三個來到市梢盡頭，見了幾家打火小客店，正待要去投宿，却被他那裏不肯相容。宋江問時，都道他已着小郎連連分付去了，『不許安着你們三個。』當下宋江見不是話頭，三個便拽開脚步，望大路上走。看見一輪紅日低墜，天色昏暗。但見：

暮烟迷遠岫，寒霧鎖長空。群星拱皓月争輝，緑水共青山鬥碧。疏林古寺，數聲鐘韵悠揚；小浦漁舟，幾點殘燈明滅。枝上子規啼夜月，園中粉蝶宿花叢。

宋江和兩個公人見天色晚了，心裏越慌。三個商量道：『没來由看使槍棒，惡了這廝。如今閃得前不巴村，後不着店，却是投那裏去宿是好？』衹見遠遠地小路上，望見隔林深處射出燈光來。宋江見了道：『兀那裏燈火明處，必有人家。遮莫怎地陪個小心，借宿一夜，明日早行。』公人看了道：『這燈光處，又不在正路上。』宋江道：『没奈何，雖然不在正路上，明日多行三二里，却打什麽不緊？』三個人當時落路來。行不到二里多路，林子背後閃出一座大莊院來。

當晚宋江和兩個公人來到莊院前敲門。莊客聽得，出來開門道：『你是甚人，黄昏夜半來敲門打户？』宋江陪着小心答道：『小人是個犯罪配送江州的人。今日錯過了宿頭，無處安歇，欲求貴莊借宿一宵，來早依例拜納房金。』

莊客道：「既是恁地，你且在這裏少待，等我入去報知莊主太公，可容即歇。」莊客入去通報了，復翻身出來，說道：「太公相請。」宋江和兩個公人到裏面草堂上，參見了莊主太公。太公分付教莊客領去門房裏安歇，就與他們些晚飯吃。莊客聽了，引去門首草房下，點起一碗燈，教三個歇定了，取三分飯食羹湯菜蔬，教他三個吃了。莊客收了碗碟，自入裏面去。兩個公人道：「押司，這裏又無外人，一發除了行枷，快活睡一夜，明日早行。」宋江道：「說得是。」當時依允，去了行枷，和兩個公人去房外淨手，看見星光滿天，又見打麥場邊屋後是一條村僻小路，宋江看在眼裏。三個淨了手，入進房裏，關上門去睡。宋江和兩個公人說道：「也難得這個莊主太公，留俺們歇這一夜。」正說間，聽得莊裏有人點火把，來打麥場上一到處照看。宋江在門縫裏張時，見是太公引着三個莊客，把火一到處照看。宋江對公人道：「這太公和我父親一般，件件都要自來照管，這早晚也未曾去睡，一地裏親自點看。」

正說之間，衹聽得外面有人叫：「開莊門！」莊客連忙來開了門，放入五七個人來。爲頭的手裏拿着樸刀，背後的都拿着稻叉棍棒。火把光下，宋江張看時，「那個提樸刀的，正是在揭陽鎮上要打我們的那漢。」宋江又聽得那太公問道：「小郎，你那裏去來？和甚人厮打？日晚了，拖槍拽棒！」那大漢道：「阿爹不知。哥哥在家裏麽？」太公道：「你哥哥吃得醉了，去睡在後面亭子上。」那漢道：「我自去叫他起來，我和他趕人。」太公道：「你又和誰合口？叫起哥哥來時，他却不肯干休，又是殺人放火。你且對我說這緣故。」那漢道：「阿爹你不知，今日鎮上一個使槍棒賣藥的漢子，叵耐那厮不先來見我弟兄兩個，便去鎮上撇科賣藥，教使槍棒，被我都分付了鎮上的人，分文不要與他賞錢。不知那裏走出一個囚徒來，那厮好漢出尖，把五兩銀子賞他，滅俺揭陽鎮上威風！我正要打那厮，堪恨那賣藥的腦揪翻我。打了一頓，又踢了我一脚，至今腰裏還疼。我已教人四下裏分付了酒店客店，不許着這厮們吃酒安歇。先教那厮三個今夜沒存身處。隨後吃我叫了賭房裏一伙人，趕將去客店裏，拿得那賣藥的來，盡氣力打了一頓。如今把來吊在都頭家裏。明日送去江邊，捆做一塊抛在江裏，出那口鳥氣！却衹趕這兩個公人押的囚徒不着，前面又没客店，竟不知投那裏去宿了。我如今叫起哥哥來，分投趕去，捉拿這厮。」太公道：「我兒，休恁地短命相！他自有銀子賞那賣藥的，却干你甚事。你去打他做什麽？可知道着他打了，也不曾傷重，快依我口便罷休。教哥哥得知你吃人打，他肯干罷？又是去害人性命。你依我說，且去房裏睡了，半夜三更莫去敲門打户，激惱村坊，你也積些陰德。」那漢不顧太公說，拿着樸刀，徑入莊內去了。太公隨後也趕入去。

宋江聽罷，對公人說道：「這般不巧的事，怎生是好？却又撞在他家投宿！我們衹宜走了好，倘或這厮得知，必然吃他害了性命。便是太公不肯說破，莊客如何敢瞞，難以遮蓋。」兩個公人都道：「說的是。事不宜遲，及早快走。」宋江道：「我們休從大路出去，掇開屋後一堵壁子出去。」兩個公人挑了包裹，宋江自提了行枷，便從房裏挖開屋後一堵壁子，三個人便趁星月之下，望林木深處小路上衹顧走。正是慌不擇路，走了一個更次，望見前面滿目蘆花，一派大江，滔滔浪滚，正是來到潯陽江邊。有詩爲證：

撞入天羅地網來，宋江時蹇實堪哀。才離黑煞凶神難，又遇喪門白虎災。

衹聽得背後大叫：「賊配軍休走！」火把亂明，風吹唿哨趕將來。宋江衹叫得苦道：「上蒼救一救則個！」三人躲在蘆葦叢中，望後面時，那火把漸近。三人心裏越慌，脚高步低，在蘆葦裏撞。前面一看，不到天盡頭，早到地盡處。定目一觀，看見大江攔截，側邊又是條闊港。宋江仰天嘆道：「早知如此的苦，悔莫先知，衹在梁山泊也罷。誰想直斷送在這裏，喪了殘生！」

宋江正在危急之際，衹見蘆葦叢中，悄悄地忽然摇出一隻船來。宋江見了，便叫：「梢公，且把船來救我們三個，俺與你十兩銀子。」那梢公在船上問道：「你三個是什麽人，却走在這裏來？」宋江道：「背後有强人打劫，我們一味地撞在這裏。你快把船來渡我們，我與你些銀兩。」那梢公聽得多與銀兩，把船便放攏來到岸邊。三個連忙跳下船去。一個公人便把包裹丢下艙裏，一個公人便將水火棍撐開了船。那梢公一頭搭上櫓，一面聽着包裹落艙有些好響聲，心裏暗喜歡。把櫓一搖，那隻小船早蕩在江心裏去。

岸上那伙趕來的人，早趕到灘頭，有十數個火把。爲頭兩個大漢，各挺着一條樸刀，隨從有二十餘人，各執槍棒。口裏叫道：『你那梢公，快搖船攏來！』宋江和兩個公人做一塊兒伏在船艙裏，說道：『梢公，却是不要攏船！我們自多與你些銀子相謝。』那梢公點頭，衹不應岸上的人，把船望上水咿咿啞啞搖將去。那岸上這伙人大喝道：『你那梢公不搖攏船來，教你都死！』那梢公冷笑幾聲，也不應。岸上那伙人又叫道：『你是那個梢公，直恁大膽不搖攏來？』那梢公冷笑應道：『老爺叫做張梢公，你不要咬我鳥！』岸上火把叢中那個長漢說道：『原來是張大哥！你見我弟兄兩個麼？』那梢公應道：『我又不瞎，做什麼不見你！』那長漢道：『你既見我時，且搖攏來和你說話。』那梢公道：『有話明朝來說，趁船的要去得緊。』那長漢道：『我弟兄兩個正要捉這趁船的三個人！』那梢公道：『趁船的三個都是我家親眷，衣食父母，請他歸去吃碗板刀面了來。』那長漢道：『你且搖攏來，和你商量。』那梢公又道：『我的衣飯，倒搖攏來把與你，倒樂意！』那長漢道：『張大哥，不是這般說。我弟兄衹要捉這囚徒，你且攏來！』那梢公一頭搖櫓，一面說道：『我自好幾日接得這個主顧，却是不搖攏來，倒吃你接了去。你兩個衹得休怪，改日相見！』宋江在船艙裏悄悄的和兩個公人說：『也難得這個梢公，救了我們三個性命，又與他分說。不要忘了他恩德！却不是幸得這隻船來渡了我們！』

却說那梢公搖開船去，離得江岸遠了。三個人在艙裏望岸上時，火把也自去蘆葦中明亮。宋江道：『慚愧！正是好人相逢，惡人遠離。且得脫了這場災難！』衹見那梢公搖着櫓，口裏唱起湖州歌來。唱道：

『老爺生長在江邊，不怕官司不怕天。昨夜華光來趁我，臨行奪下一金磚。』

宋江和兩個公人聽了這首歌，都酥軟了。宋江又想道：『他是唱耍。』三個正在艙裏議論未了，衹見那梢公放下櫓，說道：『你這個撮鳥，兩個公人，平日最會詐害做私商的人，今夜却撞在老爺手裏！你三個却是要吃板刀面？却是要吃餛飩？』宋江道：『家長休要取笑，怎地喚做板刀面？怎地是餛飩？』那梢公睁着眼道：『老爺和你耍甚鳥！若還要吃板刀面時，俺有一把潑風也似快刀在這艎板底下，我不消三刀五刀，我衹一刀一個，都剁你三個人下水去。你若要吃餛飩時，你三個快脫了衣裳，都赤條條地跳下江裏自死！』宋江聽罷，扯定兩個公人說道：『却是苦也！正是福無雙至，禍不單行！』那梢公喝道：『你三個好好商量，快回我話！』宋江答道：『梢公不知，我們也是没奈何犯下了罪，迭配江州的人。你如何可憐見，饒了我三個！』那梢公喝道：『你說什麽閑話，饒你三個？我半個也不饒你！老爺喚做有名的狗臉張爹爹，來也不認得爺，去也不認得娘！你便都閉了鳥嘴，快下水裏去！』宋江又求告道：『我們都把包裹内金銀財帛衣服等項，盡數與你。衹饒了我三人性命！』那梢公便去艎板底下摸出那把明晃晃板刀來，大喝道：『你三個要怎地？』宋江仰天嘆道：『爲因我不敬天地，不孝父母，犯下罪責，連累了你兩個！』那兩個公人也扯住宋江道：『押司，罷，罷！我們三個一處死休！』那梢公又喝道：『你三個好好快脫了衣裳，便跳下江裏去！跳便跳，不跳時，老爺便剁下水裏去！』

宋江和那兩個公人抱做一塊，恰待要跳水。衹見江面上咿咿啞啞櫓聲響，宋江探頭看時，一隻快船飛也似從上水頭搖將下來。船上有三個人：一條大漢手裏橫着托叉，立在船頭上；梢頭兩個後生，搖着兩把快櫓。星光之下，早到面前。那船頭上橫叉的大漢便喝道：『前面是什麼梢公，敢在當港行事？船裏貨物，見者有分！』這船梢公回頭看了，慌忙應道：『原來却是李大哥，我衹道是誰來！大哥又去做買賣？衹是不曾帶挈兄弟。』大漢道：『是張大哥。你在這裏又弄這一手，船裏什麼行貨？有些油水麼？』梢公答道：『教你得知好笑。我這幾日没道路，又賭輸了，没一文。正在沙灘上悶坐，岸上一伙人趕這三頭行貨來我船裏，却是鳥兩個公人，解一個黑矮囚徒，正不知是那裏人。他說道迭配江州來的，却又項上不帶行枷。趕來的岸上那伙人，却是鎮上穆家哥兒兩個，定要討他。我見有些油水吃，我不還他。』船上那大漢道：『咄！莫不是我哥哥宋公明？』宋江聽得聲音廝熟，便艙裏叫道：『船上好漢是誰？救宋江則個！』那大漢失驚道：『真個是我哥哥！早不做出來！』宋江鑽出船上來看時，星光明亮，那立在船頭上的大漢，不是別人，正是：

家住潯陽江浦上，最稱豪杰英雄。眉濃眼大面皮紅，髭鬚垂鐵綫，語話若銅鐘。凛凛身軀長八尺，能揮利劍霜鋒，衝波躍浪立奇功。盧州生李俊，綽號混江龍。

那船頭上立的大漢正是混江龍李俊，背後船梢上兩個搖櫓的：一個是出洞蛟童威，一個是翻江蜃童猛。這李俊聽得是宋公明，便跳過船來，口裏叫苦道：『哥哥驚恐！若是小弟來得遲了些個，誤了仁兄性命！今日天使李俊在家坐立不安，棹船出來江裏趕些私鹽，不想又遇着哥哥在此受難！』那梢公呆了半晌，做聲不得，方才問道：『李大哥，這黑漢便是山東及時雨宋公明麽？』李俊道：『可知是哩！』那梢公便拜道：『我那爺！你何不早通個大名，省得着我做出歹事來，争些兒傷了仁兄！』宋江問李俊道：『這個好漢是誰？高姓何名？』李俊道：『哥哥不知。這個好漢却是小弟結義的兄弟，原是小孤山下人氏，姓張名橫，綽號船火兒。專在此潯陽江做這件穩善的道路。』宋江和兩個公人都笑起來。

當時兩隻船并着搖奔灘邊來，纜了船，艙裏扶宋江并兩個公人上岸。李俊又與張橫説道：『兄弟，我常和你説：天下義士，祇除非山東及時雨鄆城宋押司。今日你可仔細認着。』張橫撲翻身，又在沙灘上拜道：『望哥哥恕兄弟罪過！』宋江看那張橫時，但見：

七尺身軀三角眼，黄髯赤髮紅睛，潯陽江上有聲名。衝波如水怪，躍浪似飛鯨。惡水狂風都不懼，蛟龍見處魂驚，天差列宿害生靈。小孤山下住，船火號張橫。

那梢公船火兒張橫拜罷，問道：『義士哥哥爲何事配來此間？』李俊便把宋江犯罪的事説了，今來迭配江州。張橫聽了説道：『好教哥哥得知，小弟一母所生的親弟兄兩個，長的便是小弟，我有個兄弟，却又了得。渾身雪練也似一身白肉，没得四五十里水面，水底下伏得七日七夜，水裏行一似一根白條，更兼一身好武藝。因此人起他一個名，唤做浪裏白跳張順。當初我弟兄兩個祇在揚子江邊做一件依本分的道路。』宋江道：『願聞則個。』張橫道：『我弟兄兩個，但賭輸了時，我便先駕一隻船，渡在江邊静處做私渡。有那一等客人，貪省貫百錢的，又要快，便來下我船。等船裏都坐滿了，却教兄弟張順也扮做單身客人，背着一個大包，也來趁船。我把船摇到半江裏，歇了櫓，抛了釘，插一把板刀，却討船錢。本合五百足錢一個人，我便定要他三貫。却先問兄弟討起，教他假意不肯還我，我便把他來起手。一手揪住他頭，一手提定腰胯，撲通地攛下江裏。排頭兒定要三貫。一個個都驚得呆了，把出來不迭。都斂得足了，却送他到僻净處上岸。我那兄弟自從水底下走過對岸，等没了人，却與兄弟分錢去賭。那時我兩個祇靠這件道路過日。』宋江道：『可知江邊多有主顧來尋你私渡。』李俊等都笑起來。張橫又道：『如今我弟兄兩個都改了業。我便祇在這潯陽江裏做些私商，兄弟張順他却如今自在江州做賣魚牙子。如今哥哥去時，小弟寄一封書去，祇是不識字，寫不得。』李俊道：『我們都去村裏，央個門館先生來寫。』留下童威、童猛看了船。三個人跟了李俊、張橫，五個人投村裏來。

走不過半里路，看見火把還在岸上明亮。張橫説道：『他弟兄兩個還未歸去。』李俊道：『你説兀誰弟兄兩個？』張橫道：『便是鎮上那穆家哥兒兩個。』李俊道：『一發叫他兩個來拜見哥哥。』宋江連忙説道：『使不得！他兩個趕着要捉我。』李俊道：『仁兄放心，他弟兄不知是哥哥，他亦是我們一路人。』李俊用手一招，唿哨了一聲，祇見火把人伴都飛奔將來面前。看見李俊、張橫都恭奉着宋江做一處説話，那弟兄二人大驚道：『二位大哥却如何與這三人厮熟？』李俊大笑道：『你道他兀誰？』那二人道：『便是不認得。祇見他在鎮上出銀兩賞那使槍棒的，滅俺鎮上威風，正待要捉他。』李俊道：『他便是我日常和你們説的，山東及時雨鄆城宋押司公明哥哥。你兩個還不快拜！』那弟兄兩個撇了樸刀，撲翻身便拜道：『聞名久矣！不期今日方得相會。却才甚是冒瀆，犯宋江身邊有的是金銀財帛，自落的結識他們。住了半月之間，滿營裏没一個不歡喜他。自古道：世情看冷暖，人面逐高低。

宋江一日與差撥在抄事房吃酒，那差撥説與宋江道：『賢兄，我前日和你説的那個節級常例人情，如何多日不使人送去與他？今已一旬之上了，他明日下來時，須不好看。』宋江道：『這個不妨。那人要錢不與他。若是差撥哥哥但要時，祇顧問宋江取不妨。那節級要時，一文也没！等他下來，宋江自有話説。』差撥道：『押司，那人好生利害，更兼手脚了得。倘或有些言語高低，吃了他些羞辱，却道我不與你通知。』宋江道：『兄長由他。但請放心，小可自有措置。敢是送些與他，也不見得，他有個不敢要我的，也不見得。』正恁的説未了，祇見牌頭來報道：『節級下在這裏了。正在廳上大發作，罵道：「新到配軍如何不送常例錢來與我！」』差撥道：『我説是麼！那人自來，連我們都怪。』宋江笑道：『差撥哥哥休罪，不及陪侍，改日再得作杯。小可且去和他説話，容日再會。』差撥也起身道：『我們不要見他。』宋江別了差撥，離了抄事房，自來點視廳上見這節級。那差撥也自去了。

不是宋江來和這人廝見，有分教：江州城裏，翻爲虎窟狼窩；十字街頭，變作尸山血海。直教撞破天羅歸水滸，掀開地網上梁山。

畢竟宋江來與這個節級怎麽相見，且聽下回分解。

第三十八回 及時雨會神行太保 黑旋風鬥浪裏白條

寫宋江以銀子爲交游後，忽然接寫一鐵牛李大哥。妙哉用筆，真令宋江有珠玉在前之愧，勝似罵，勝似打，勝似殺也。看他要銀子賭，便向店家借，要魚請人，便向漁户討。一若天地間之物，任憑天地間之人公同用之。不惟不信世有慳吝之人，亦并不信世有慷慨之人。不惟與之銀子不以爲恩，又并不與銀子不以爲怨。夫如是，而宋江之權術獨遇斯人而窮矣。宋江與之銀子，彼亦不過謂是店家漁户之流，適值其有之時也。店家不與銀子，漁户不與鮮魚，彼亦不過謂即宋江之流適值其無之時也。夫宋江之以銀子與人也，夫固欲人之感之也。宋江之不敢不以銀子與人也，夫固畏人之怨之也。今彼亦何感？彼亦何怨？無宋江可騙，則自有店家可借。無店家可借，則自有賭房可搶。無賭房可搶，則自有江州城裏城外執塗之人無不可討。使必恃有結識好漢之宋江，而後李逵方得銀子使用，然則宋江未配江州之前，彼將不吃酒不吃肉，小張乙賭房中亦復不去賭錢耶？通篇寫李逵浩浩落落處，全是激射宋江，絶世妙筆。

處處將戴宗反襯宋江，遂令宋江愈慷慨愈出醜。皆屬作者匠心之筆。

寫李逵粗直不難，莫難于寫粗直人處處使乖説謊也。彼天下使乖説謊之徒，却處處假作粗直，如宋江其人者，能不對此而羞死乎哉！

話説當時宋江別了差撥，出抄事房來，到點視廳上看時，見那節級掇條凳子坐在廳前，高聲喝道：『那個是新配到囚徒？』牌頭指着宋江道：『這個便是。』那節級便罵道：『你這矮黑殺才！倚仗誰的勢要，不送常例錢來與我？』宋江道：『人情，人情，在人情願。你如何逼取人財，好小哉相！』兩邊看的人聽了，倒捏兩把汗。那人大怒，喝罵：『賊配軍，安敢如此無禮，顛倒説我小哉！那兜馱的，與我背起來，且打這廝一百訊棍！』兩邊營裏衆人，都是和宋江好的。見説要打他，一哄都走了，祇剩得那節級和宋江。那人見衆人都散了，肚裏越怒，拿起訊棍，便奔來打宋江。宋江說道：『節級，你要打我，我得何罪？』那人大喝道：『你這賊配軍是我手裏行貨，輕咳嗽便是罪過！』宋江道：『你便尋我過失，也不計利害，也不到的該死。』那人怒道：『你說不該死，我要結果你也不難，衹似打殺一個蒼蠅。』宋江冷笑道：『我因不送得常例錢便該死時，結識梁山泊吳學究的却該怎地？』那人聽了這聲，慌忙丢了手中訊棍，便問道：『你說什麼？』宋江又答道：『自說那結識軍師吳學究的，你問我怎地？』那人慌了手脚，拖住宋江問道：『足下高姓？你正是誰？那裏得這話來？』宋江笑道：『小可便是山東鄆城縣宋江。』那人聽了大驚，連忙作揖，說道：『原來兄長正是及時雨宋公明。』宋江道：『何足挂齒。』那人便道：『兄長，此間不是說話處，未敢下拜。同往城裏叙懷，請兄長便行。』宋江道：『好。節級少待，容宋江鎖了房門便來。』

宋江慌忙到房裏，取了吳用的書，自帶了銀兩出來。鎖上房門，分付牌頭看管。便和那人離了牢城營內，奔入江州城裏來，去一個臨街酒肆中樓上坐下。那人問道：『兄長何處見吳學究來？』宋江懷中取出書來，遞與那人。那人拆開封皮，從頭讀了，藏在袖內，起身望着宋江便拜。宋江慌忙答禮道：『適間言語衝撞，休怪，休怪！』那人道：『小弟衹聽得說有個姓宋的發下牢城營裏來。往常時，但是發來的配軍，常例送銀五兩。今番已經十數日不見送來，今日是個閑暇日頭，因此下來取討。不想却是仁兄。恰才在營內，甚是言語冒瀆了哥哥，萬望恕罪。』宋江道：『差撥亦曾常對小可說起大名。宋江有心要拜識尊顏，却不知足下住處，亦無因入城。特地衹等尊兄下來，要與足下相會一面。以此耽誤日久。不是爲這五兩銀子不捨得送來，衹想尊兄必是自來，故意延挨。今日幸得相見，以慰平生之願。』

說話的，那人是誰？便是吳學究所薦的江州兩院押牢節級戴院長戴宗。那時故宋時，金陵一路節級都稱呼『家長』，湖南一路節級都稱呼做『院長』。原來這戴院長有一等驚人的道術，但出路時，賫書飛報緊急軍情事，把兩個甲馬拴在兩隻腿上，作起神行法來，一日能行五百里；把四個甲馬拴在腿上，便一日能行八百里。因此人都稱

做神行太保戴宗。更看他生得如何？但見：

面闊唇方神眼突，瘦長清秀身材，皂紗巾畔翠花開。黃旗書令字，紅串映宣牌。兩衹脚行千里路，羅衫常惹塵埃，程途八百去還來。神行真太保，院長戴宗才。

當下戴院長與宋公明說罷了來情去意。戴宗、宋江俱各大喜。兩個坐在閣子裏，叫那賣酒的過來，安排酒果肴饌菜蔬來，就酒樓上兩個飲酒。宋江訴說一路上遇見許多好漢，衆人相會的事務。戴宗也傾心吐膽，把和這吳學究相交來往的事，告訴了一遍。

兩個正說到心腹相愛之處，才飲得兩杯酒過，衹聽樓下喧鬧起來。過賣連忙走入閣子來對戴宗說道：『這個人衹除非是院長說得他下。没奈何煩院長去解拆則個。』戴宗問道：『在樓下作鬧的是誰？』過賣道：『便是如常同院長走的那個唤做鐵牛李大哥，在底下尋主人家借錢。』戴宗笑道：『又是這廝在下面無禮，我衹道是什麼人。兄長少坐，我去叫了這廝上來。』

戴宗便起身下去，不多時引了那個人上樓來。宋江看見了吃一驚。宋江見了那人，便問戴宗道：『院長，這大哥是誰？』戴宗道：『這個是小弟身邊牢裏一個小牢子，姓李名逵。祖貫是沂州沂水縣百丈村人氏。本身一個异名，唤做黑旋風李逵。他鄉中都叫他做李鐵牛。因爲打死了人，逃走出來。雖遇赦宥，流落在此江州，不曾還鄉。爲因酒性不好，多人懼他。能使兩把板斧，及會拳棍。現今在此牢裏勾當。』

李逵看着宋江，問戴宗道：『哥哥，這黑漢子是誰？』戴宗對宋江笑道：『押司，你看這廝恁麼粗鹵，全不識些體面！』李逵便道：『我問大哥，怎地是粗鹵？』戴宗道：『兄弟，你便請問「這位官人是誰」便好，你倒却說「這黑漢子是誰」。這不是粗鹵，却是什麼？我且與你說知，這位仁兄便是閑常你要去投奔他的義士哥哥。』李逵道：『莫不是山東及時雨黑宋江？』戴宗喝道：『咄！你這廝敢如此犯上，直言叫唤，全不識些高低！兀自

不快下拜，等幾時！」李逵道：「若真個是宋公明，我便下拜。若是閑人，我却拜甚鳥。節級哥哥不要瞞我拜了，你却笑我。」宋江便道：「我正是山東黑宋江。」李逵拍手叫道：「我那爺！你何不早說些個，也教鐵牛歡喜！」撲翻身軀便拜。宋江連忙答禮，說道：「壯士大哥請坐。」戴宗道：「兄弟，你便來我身邊坐了吃酒。」李逵道：「不耐煩小盞吃，換個大碗來篩。」宋江便問道：「恰才大哥爲何在樓下發怒？」李逵道：「我有一錠大銀，解了十兩小銀使用了。却問這主人家挪借十兩銀子，去贖那大銀，出來便還他。自要些使用。叵耐這鳥主人不肯借與我。却待要和那厮放對，打得他家粉碎，却被大哥叫了我上來。」宋江道：「衹用十兩銀子去取，再要利錢麽？」李逵道：「利錢已有在這裏了，衹要十兩本錢去討。」宋江聽罷，便去身邊取出一個十兩銀子把與李逵，說道：「大哥，你將去贖來用度。」戴宗要阻當時，宋江已把出來了。李逵接得銀子，便道：「却是好也！兩位哥哥衹在這裏等我一等。贖了銀子，便來送還，就和宋哥哥去城外吃碗酒。」宋江道：「且坐一坐，吃幾碗了去。」李逵道：「我去了便來。」推開簾子，下樓去了。

戴宗道：「兄長休借這銀與他便好。恰才小弟正欲要阻，兄長已把在他手裏了。」宋江道：「却是爲何，尊兄說這話？」戴宗道：「這厮雖是耿直，衹是貪酒好賭。他却幾時有一錠大銀解了！兄長吃他賺漏了這個銀去。他慌忙出門，必是去賭。若還贏得時，便有的送來還哥哥；若是輸了時，那裏討這十兩銀來拜還兄長。戴宗面上須不好看。」宋江笑道：「院長尊兄，何必見外。量這些銀兩，何足挂齒。由他去賭輸了罷。若要用時，再送些與他使。我看這人倒是個忠直漢子。」戴宗道：「這厮本事自有，衹是心粗膽大不好。在江州牢裏，但吃醉了時，却不奈何罪人，衹要打一般强的牢子。我也被他連累得苦。專一路見不平，好打强的人。以此江州滿城人都怕他。」有詩爲證：

天性由來太惡粗，江州人號李凶徒。他時大展屠龍手，始識人中大丈夫。

宋江道：「俺們再飲兩杯，却去城外閑玩一遭。」戴宗道：「小弟也正忘了，和兄長去看江景則個。」宋江道：

「小可也要看江州的景致。如此最好。」

且不說兩個再飲酒，衹說李逵得了這個銀子，尋思道：「難得宋江哥哥，又不曾和我深交，便借我十兩銀子。果然仗義疏財，名不虛傳。如今來到這裏，却恨我這幾日賭輸了，没一文做好漢請他。如今得他這十兩銀子，且將去賭一賭。倘或贏得幾貫錢來，請他一請也好看。」當時李逵慌忙跑出城外小張乙賭房裏來，便去場上，將這十兩銀子撇在地下，叫道：「把頭錢過來我博。」那小張乙得知李逵從來賭直，便道：「大哥，且歇這一博，下來便是你博。」李逵道：「我要先賭這一博。」小張乙道：「你便傍猜也好。」李逵道：「我不傍猜，衹要博這一博。五兩銀子做一注。」有那一般賭的，却待要博，被李逵劈手奪過頭錢來，便叫道：「我博兀誰？」小張乙道：「便博我五兩銀子。」李逵叫一聲，肐膊地博一個叉，小張乙便拿了銀子過來。李逵叫道：「我的銀子是十兩！」小張乙道：「你再博我五兩，快，便還了你這錠銀子。」李逵又拿起頭錢，叫聲：「快！」肐膊的又博個叉。小張乙笑道：「我叫你休搶頭錢，且歇一博，不聽我口。如今一連博了兩個叉。」李逵道：「我這銀子是别人的。」小張乙道：「遮莫是誰的，也不濟事了。你既輸了，却說什麽！」李逵道：「没奈何且借我一借。明日便送來還你。」小張乙道：「說什麽閑話！自古賭錢場上無父子。你明明地輸了，如何倒來革争！」李逵把布衫拽起在前面，口裏喝道：「你們還我也不還？」小張乙道：「李大哥，你閑常最賭的直。今日如何恁麽没出豁？」李逵也不答應他，便就地下擄了銀子，又搶了别人賭的十來兩銀子，都摟在布衫兜裏，睁起雙眼說道：「老爺閑常賭直，今日權且不直一遍。」小張乙急待向前奪時，被李逵一指一跤。十二三個賭博的，一發齊上，要奪那銀子。被李逵指東打西，指南打北。李逵把這伙人打得没地躲處，便出到門前。把門的問道：「大郎那裏去？」被李逵提在一邊，一脚踢開了門便走。那伙人隨後趕將出來，都衹在門前叫道：「李大哥，你恁地没道理，都搶了我們衆人的銀子去！」衹在門前叫喊，没一個敢近前來討。

李逵正走之時，祇見背後一人趕上來，扳住肩臂喝道：『你這厮如何却搶擄別人財物？』李逵口裏應道：『干你鳥事！』回過臉來看時，却是戴宗，背後立着宋江。李逵見了，惶恐滿面，便道：『哥哥休怪！鐵牛閑常祇是賭直。今日不想輸了哥哥的銀子，又没得些錢來相請哥哥，喉急了，時下做出這些不直來。』宋江聽了大笑道：『賢弟但要銀子使用，祇顧來問我討。今日既是明明地輸與他了，快把來還他。』李逵祇得從布衫兜裏取出來，都遞在宋江手裏。宋江便叫過小張乙前來，都付與他。小張乙接過來説道：『二位官人在上，小人祇拿了自己的。這十兩原銀雖是李大哥兩博輸與小人，如今小人情願不要他的，省得記了冤仇。』宋江道：『你祇顧將去，不要記懷。』小張乙那裏肯。宋江便道：『他不曾打傷了你們麽？』小張乙道：『討頭的，拾錢的，和那把門的，都被他打倒在裏面。』宋江道：『既是恁的，就與他衆人做將息錢。兄弟自不敢來了，我自着他去。』小張乙收了銀子，拜謝了回去。

宋江道：『我們和李大哥吃三杯去。』戴宗道：『前面靠江有那琵琶亭酒館，是唐朝白樂天古迹。我們去亭上酌三杯，就觀江景。』宋江道：『可于城中買些肴饌之物將去。』戴宗道：『不用，如今那亭上有人在裏面賣酒。』宋江道：『恁地時却好。』當時三人便望琵琶亭上來。到得亭子上看時，一邊靠着潯陽江，一邊是店主人家房屋。琵琶亭上，有十數副座頭。戴宗便揀一副乾净座頭，讓宋江坐了頭位。戴宗坐在對席。肩下便是李逵。三個坐定，便叫酒保鋪下菜蔬果品海鮮按酒之類。酒保取過兩樽玉壺春酒，此是江州有名的上色好酒，開了泥頭。宋江縱目一觀，看那江上景致時，端的是景致非常。但見：

雲外遥山聳翠，江邊遠水翻銀。隱隱沙汀，飛起幾行鷗鷺；悠悠别浦，撑回數隻漁舟。紅蓼灘頭，白髮公垂鈎下釣；黄蘆岸口，青髫童牧犢騎牛。翻翻雪浪拍長空，拂拂凉風吹水面。紫霄峰上接穹蒼，琵琶亭畔臨江岸。四圍空闊，八面玲瓏。欄杆影浸玻璃，窗外光浮玉壁。昔日樂天聲價重，當年司馬泪痕多。

當時三人坐下，李逵便道：『酒把大碗來篩，不耐煩小盞價吃。』戴宗喝道：『兄弟好村！你不要做聲，祇顧吃酒便了。』宋江分付酒保道：『我兩個面前放兩隻盞子，這位大哥面前放個大碗。』酒保應了下去，取隻碗來，放在李逵面前。一面篩酒，一面鋪下肴饌。李逵笑道：『真個好個宋哥哥，人説不差了！便知我兄弟的性格！結拜得這位哥哥，也不枉了！』酒保斟酒，連篩了五七遍。宋江因見了這兩人，心中歡喜，吃了幾杯，忽然心裏想要魚辣湯吃。便問戴宗道：『這裏有好鮮魚麽？』戴宗笑道：『兄長，你不見滿江都是漁船。此間正是魚米之鄉，如何没有鮮魚！』宋江道：『得些辣魚湯醒酒最好。』戴宗便唤酒保，教造三分加辣點紅白魚湯來。頃刻造了湯來，宋江看見道：『美食不如美器。雖是個酒肆之中，端的好整齊器皿。』拿起箸來，相勸戴宗、李逵吃。自也吃了些魚，呷了幾口湯汁。李逵也不使箸，便把手去碗裏撈起魚來，和骨頭都嚼吃了。宋江看見忍笑不住，再呷了兩口汁，便放下箸不吃了。戴宗道：『兄長，一定這魚腌了，不中仁兄吃。』宋江道：『便是不才酒後，祇愛口鮮魚湯吃。這個魚真是不甚好。』戴宗應道：『便是小弟也吃不得，是腌的不中吃。』李逵嚼了自碗裏魚，便道：『兩位哥哥都不吃，我替你們吃了。』便伸手去宋江碗裏撈將過來吃了，又去戴宗碗裏也撈過來吃了。滴滴點點，淋一桌子汁水。

宋江見李逵把三碗魚湯和骨頭都嚼吃了，便叫酒保來分付道：『我這大哥，想是肚飢。你可去大塊肉切二斤來與他吃，少刻一發算錢還你。』酒保道：『小人這裏祇賣羊肉，却没牛肉。要肥羊盡有。』李逵聽了，便把魚汁劈臉潑將去，淋那酒保一身。戴宗喝道：『你又做什麽？』李逵應道：『叵耐這厮無禮，欺負我祇吃牛肉，不賣羊肉與我吃！』酒保道：『小人問一聲，也不多話！』宋江道：『你去祇顧切來，我自還錢。』酒保忍氣吞聲，去切了二斤羊肉，做一盤將來，放在桌子上。李逵見了，也不謙讓，大把價揸來，祇顧吃，拈指間把這二斤羊肉都吃了。宋江看了道：『壯哉，真好漢也！』李逵道：『這宋大哥便知我的鳥意，吃肉不强似吃魚！』戴宗叫酒保來問道：『却才魚湯，家生甚是整齊，魚却腌了不中吃。别有甚好鮮魚時，另造些辣湯來與我這位官人醒酒。』酒保答道：『不敢瞞院長說，這魚端的是昨夜的。今日的活魚，還在船內，等魚牙主人不來，未曾敢賣動，因此未有好鮮魚。』李逵跳起來道：『我自去討兩尾活魚來與哥哥吃。』戴宗道：『你休去，祇央酒保去回幾尾來便了。』李逵道：『船上打魚的，不敢不與我，直得什麽！』戴宗攔當不住，李逵一直去了。戴宗對宋江說道：『兄長，休怪小弟引這等人來相會，全没些個體面，羞辱殺人！』宋江道：『他生性是恁的，如何教他改得！我到敬他真實不假。』兩個自在琵琶亭上笑語説話取樂。詩曰：

溢内烟景出塵寰，江上峰巒擁髻鬟。明月琵琶人不見，黄蘆苦竹暮潮還。

却説李逵走到江邊看時，見那漁船一字排着，約有八九十隻，都纜系在緑楊樹下。船上漁人，有斜枕着船梢睡的，有在船頭上結網的，也有在水裏洗浴的。此時正是五月半天氣，一輪紅日將及沉西，不見主人來開艙賣魚。李逵走到船邊，喝一聲道：『你們船上活魚，把兩尾來與我。』那漁人應道：『我們等不見漁牙主人來，不敢開艙。你看那行販都在岸上坐地。』李逵道：『等什麽鳥主人！先把兩尾魚來與我。』那漁人又答道：『紙也未曾燒，如何敢開艙？那裏先拿魚與你！』李逵見他衆人不肯拿魚，便跳上一隻船去。漁人那裏攔當得住。李逵不省得船上的事，祇顧便把竹笆篾一拔。漁人在岸上祇叫得：『罷了！』李逵伸手去艎板底下一絞摸時，那裏有一個魚在裏面。原來那大江裏漁船，船尾開半截大孔，放江水出入，養着活魚，却把竹笆篾攔住，以此船艙裏活水往來，養放活魚。因此江州有好鮮魚。這李逵不省得，倒先把竹笆篾提起了，將那一艙活魚都走了。李逵又跳過那邊船上，去拔那竹篾。那七八十漁人都奔上船，把竹篙來打李逵。李逵大怒，焦躁起來，便脱下布衫，裏面單單系着一條棋子布捎兒。見那亂竹篙打來，兩隻手一駕，早搶了五六條在手裏，一似扭葱般都扭斷了。漁人看見，盡吃一驚，却都去解了纜，把船撑開去了。李逵忿怒，赤條條地拿兩截折竹篙，上岸來趕打，行販都亂紛紛地挑了擔走。

正熱鬧裏，祇見一個人從小路裏走出來。衆人看見，叫道：『主人來了！這黑大漢在此搶魚，都趕散了漁船！』那人道：『什麽黑大漢，敢如此無禮？』衆人把手指道：『那廝兀自在岸邊尋人厮打！』那人搶將過去，喝道：『你這廝吃了豹子心，大蟲膽，也不敢來攪亂老爺的道路！』李逵看那人時，六尺五六身材，三十二三年紀，三柳掩口黑髯，頭上裹頂青紗萬字巾，掩映着穿心紅一點鬏兒，上穿一領白布衫，腰系一條絹搭膊，下面青白裊脚多耳麻鞋，手裏提條行秤。那人正來賣魚，見了李逵在那裏横七竪八打人，便把秤遞與行販接了，趕上前來，大喝道：『你這廝要打誰！』李逵也不回話，輪過竹篙，却望那人便打。那人搶入去，早奪了竹篙。李逵便一把揪住那人頭髮。那人便奔他下三面，要跌李逵。怎敵得李逵水牛般氣力，直推將開去，不能夠攏身。那人便望肋下擢得幾拳，李逵那裏着在意裏。那人又飛起脚來踢，被李逵直把頭按將下去，提起鐵錘大小拳頭，去那人脊梁上擂鼓也似打。那人怎生掙扎。李逵正打哩，一個人在背後劈腰抱住，一個人便來幫住手，喝道：『使不得！使不得！』李逵回頭看時，却是宋江、戴宗。李逵便放了手。那人略得脱身，一道烟走了。

戴宗埋冤李逵道：『我教你休來討魚，又在這裏和人厮打。倘或一拳打死了人，你不去償命坐牢！』李逵應道：『你怕我連累你，我自打死了一個，我自去承當！』宋江便道：『兄弟休要論口，壞了義氣。拿了布衫，且去吃酒。』李逵向那柳樹根頭拾起布衫，搭在胳膊上，跟了宋江、戴宗便走。行不得十數步，祇聽的背後有人叫罵道：『黑殺才！今番來和你見個輸贏！』李逵回轉頭來看時，便是那人，脱得赤條條地，匾扎起一條水裩兒，露出一身雪練也似白肉，頭上除了巾幘，顯出那個穿心一點紅俏鬏兒來。在江邊獨自一個，把竹篙撑着一隻漁船趕將來，口裏大罵道：『千刀萬剮的黑殺才！老爺怕你的不算好漢，走的不是好男子！』李逵聽了大怒，吼了一聲，撇了布衫，搶轉身來。那人便把船略攏來凑在岸邊，一手把竹篙點定了船，口裏大罵着。李逵也罵道：『好漢便上岸來。』那人把竹篙去李逵腿上便捌，撩撥得李逵火起，托地跳在船上。説時遲，那時快。那人祇要誘得李逵上船，便把竹篙望岸邊一點，雙脚一蹬，那隻漁船一似狂風飄敗葉，箭也似投江心裏去了。

李逵雖然也識得水，卻不甚高。當時慌了手脚。那人也不叫罵，撇了竹篙，叫聲：『你來！今番和你定要見個輸贏！』便把李逵胳膊拿住，口裏說道：『且不和你厮打，先教你吃些水。』兩隻脚把船隻一晃，船底朝天，英雄落水。兩個好漢撲通地都翻筋斗撞下江裏去。宋江、戴宗急趕至岸邊，那隻船已翻在江裏。兩個衹在岸上叫苦。江岸邊早擁上三五百人在柳陰樹下看。都道：『這黑大漢今番卻着道兒。便掙扎得性命，也吃了一肚皮水。』宋江、戴宗在岸邊看時，衹見江面開處，那人把李逵提將起來，又淹將下去。兩個正在江心裏面，清波碧浪中間，一個顯渾身黑肉，一個露遍體霜膚。兩個打做一團，絞做一塊。江岸上那三五百人貪看，没一個不喝采。論這兩個好漢時，但見：

一個是沂水縣成精異物，一個是小孤山作怪妖魔。這個似酥團結就肌膚，那個如炭屑凑成皮肉。一個是色依壬癸，一個體按庚辛。那個如三冬瑞雪重鋪，這個似半夜陰雲輕罩。一個是馬靈官白蛇托化，一個是趙元帥黑虎投胎。這個似萬萬錘打就銀人，那個如千千火煉成鐵漢。一個是五臺山銀牙白象，一個是九曲河鐵甲老龍。這個如布漆羅漢顯神通，那個似玉碾金剛施勇猛。一個盤旋良久，汗流遍體迸真珠；一個揪扯多時，水浸渾身傾墨汁。那個學華光藏教主，向碧波深處現形骸；這個像黑煞天神，在雪浪堆中呈面目。正是玉龍攪暗天邊日，黑鬼掀開水底天。

當時宋江、戴宗看見李逵被那人在水裏揪住，浸得眼白，又提起來，又納下去，何止淹了數十遭。宋江見李逵吃虧，便叫戴宗央人去救。戴宗問衆人道：『這白大漢是誰？』有認得的説道：『這個好漢便是本處賣魚主人，唤做張順。』宋江聽得猛省道：『莫不是綽號浪裏白條的張順？』衆人道：『正是，正是！』宋江對戴宗說道：『我有他哥哥張横的家書在營裏。』戴宗聽了，便向岸邊高聲叫道：『張二哥不要動手，有你令兄張横家書在此。這黑大漢是俺們兄弟，你且饒了他，上岸來說話。』張順在江心裏見是戴宗叫他，卻也如常認得，便放了李逵，赴到岸邊，爬上岸來，看着戴宗，唱個喏道：『院長休怪小人無禮！』戴宗道：『足下可看我面，且去救了我這兄弟上來，却教你相會一個人。』張順再跳下水裏，赴將開去。李逵正在江裏探頭探腦價掙扎赴水。張順早赴到分際，帶住了李逵一隻手，自把兩條腿踏着水浪，如行平地。那水浸不過他肚皮，淹着臍下，擺了一隻手，直托李逵上岸來。江邊看的人個個喝采。宋江看得呆了半晌。張順、李逵都到岸下。戴宗見李逵喘做一團，口裏祇吐白水。戴宗道：『且都請你們到琵琶亭上說話。』張順討了布衫穿着。李逵也穿了布衫。四個人再到琵琶亭上來坐下。

戴宗便對張順道：『二哥，你認得我麼？』張順道：『小人自識得院長。祇是無緣，不曾拜會。』戴宗指着李逵問張順道：『足下日常曾認得他麼？今日倒衝撞了你。』張順道：『小人如何不認的李大哥，祇是不曾交手。』李逵道：『你也淹得我夠了。』張順道：『你也打得我好了。』李逵道：『恁麼，便和你兩折過了。』戴宗道：『你兩個今番却做個至交的弟兄。常言道：不打不成相識。』李逵道：『你路上休撞着我。』張順道：『我祇在水裏等你便了。』四人都笑起來，大家唱個無禮喏。

戴宗指着宋江對張順道：『二哥，你曾認得這位兄長麼？』張順看了道：『小人却不認得，這裏亦不曾見。』李逵跳起身來道：『這哥哥便是黑宋江。』張順道：『莫非是山東及時雨鄆城宋押司？』戴宗道：『正是公明哥哥。』張順納頭便拜道：『久聞大名，不想今日得會。多聽的江湖上來往的人說兄長清德，扶危濟困，仗義疏財。』宋江答道：『量小可何足道哉！前日來時，揭陽嶺下混江龍李俊家裏，住了幾日。後在潯陽江上，因穆弘相會，得遇令兄張橫，修了一封家書寄來與足下。放在營內，不曾帶得來。今日便和戴院長并李大哥來這裏琵琶亭吃三杯，就觀江景。宋江偶然酒後思量些鮮魚湯醒酒，怎當的他定要來討魚。我兩個阻他不住，祇聽得江岸上發喊熱鬧。叫酒保看時，說道：「是黑大漢和人厮打。」我兩個急急走來解勸。不想却與壯士相會。今日得遇三位，豈非天幸。且請同坐，菜酌三杯。』再喚酒保重整杯盤，再備肴饌。張順道：『既然哥哥要好鮮魚吃，兄弟去取幾尾來。』宋江道：『最好。依例納錢。』張順道：『既然得遇仁兄，事非偶然。兄長何故見外，如此說錢！』李逵道：『我和你去討。』戴宗喝道：『又來了！你還吃的水不快活！』張順笑將起來，綰了李逵手說道：『我今番和你去討魚，看別人怎地。』

兩個下琵琶亭來，到得江邊。張順略哨一聲，祇見江面上漁船都撐攏來到岸邊。張順問道：『那個船裏有金色鯉魚？』祇見這個應道：『我船上來。』那個應道：『我船裏有。』一霎時却凑攏十數尾金色鯉魚來。張順選了四尾大的，把柳條穿了，先教李逵將來亭上整理。張順自點了行販，分付小牙子去把秤賣魚。張順却自來琵琶亭上陪侍宋江。宋江謝道：『何須許多，但賜一尾，也十分夠了。』張順答道：『些小微物，何足挂齒。兄長食不了時，將回行館做下飯。』兩個序齒，李逵年長，坐了第三位，張順坐第四位。再叫酒保討兩樽玉壺香上色酒來，并些海鮮按酒果品之類。張順分付酒保，把一尾魚做辣湯，用酒蒸一尾，叫酒保切鱠。

四人飲酒中間，各叙胸中之事。正說得入耳，祇見一個女娘，年方二八，穿一身紗衣，來到跟前，深深的道了四個萬福。頓開喉音便唱。李逵正待要賣弄胸中許多豪杰的事務，却被他唱起來一攪，三個且都聽唱，打斷了他話頭。李逵怒從心上起，惡向膽邊生，跳起身來，把兩個指頭去那女娘子額上一點。那女子大叫一聲，驀然倒地。衆人近前看時，祇見那女娘子桃腮似土，檀口無言。未知五臟如何，先見四肢不舉。那酒店主人一發向前攔住四人，要去經官告理。正是：祇因一念錯，現出百般形。且看這女子性命如何？古云：好句有情憐夜月，落花無語怨東風。

畢竟宋江等四人在酒店裏怎地脫身，且聽下回分解。

第三十九回　潯陽樓宋江吟反詩　梁山泊戴宗傳假信

此回止黄通判讀反詩一段，錯落扶疏之極，其餘止看其叙事明净徑捷耳。

潯陽樓飲酒後，忽寫宋江腹瀉，是作者慘淡經營之筆。蓋不因此事，便要仍復入城尋彼三人，則筆墨殊費。不復入城尋彼三人，即又嫌新交冷落也。此正與林沖氣悶，連日不上街來同法。

寫宋江問三個人住處，凡三樣答法，可謂極盡筆墨之巧。至行入正庫，飲酒吟詩，便純用『月明星稀，烏鵲南飛』筆氣，讀之令人慷慨。

篇首女娘暈倒一段，祇是吃魚後借作收科，更無别樣照應。

話説當下李逵把指頭捺倒了那女娘。酒店主人攔住説道：『四位官人，如何是好？』主人心慌，便叫酒保、過賣都向前來救他。就地下把水噴噀，看看蘇醒。扶將起來看時，額角上抹脱了一片油皮，因此那女子暈昏倒了。救得醒來，千好萬好。他的爹娘聽得説是黑旋風，先自驚得呆了半晌，那裏敢説一言。看那女子已自説得話了，娘母取個手帕自與他包了頭，收拾了釵環。宋江見他有不願經官的意思，便喚那老婦人問道：『你姓什麽？那裏人家？如今待要怎地？』那婦人道：『不瞞官人説，老身夫妻兩口兒，姓宋，原是京師人。祇有這個女兒，小字玉蓮。因爲家窘，他爹自教得他幾曲兒，胡亂叫他來這琵琶亭上賣唱養口。爲他性急，不看頭勢，不管官人説話，祇顧便唱。今日這哥哥失手傷了女兒些個，終不成經官動詞，連累官人。』宋江見他説得本分，又且同姓，宋江便道：『你着甚人跟我到營裏，我與你二十兩銀子，將息女兒，日後嫁個良人，免在這裏賣唱。』那夫妻兩口兒便拜謝道：『怎敢指望許多！但得三五兩也十分足矣。』宋江道：『我説一句是一句，并不會説謊。你便叫你老兒自跟我去討與他。』那夫妻二人拜謝道：『深感官人救濟。』

戴宗埋怨李逵道：『你這厮要便與人合口，又教哥哥壞了許多銀子。』李逵道：『祇指頭略擦得一擦，他自倒了。不曾見這般鳥女子，恁地嬌嫩！你便在我臉上打一百拳也不妨！』宋江等衆人都笑起來。張順便叫酒保去説：『這席酒錢，我自還他。』酒保聽得道：『不妨，不妨！祇顧去。』宋江那裏肯，便道：『兄弟，我勸二位來吃酒，倒要你還錢，于禮不當。』張順苦死要還，説道：『難得哥哥會面。仁兄在山東時，小弟哥兒兩個也兀自要來投奔哥哥。今日天幸得識尊顔，權表薄意，非足爲禮。』戴宗道：『公明兄長，既然是張二哥相敬之心，仁兄曲允。』宋江道：『這等却不好看。既然兄弟還了，改日却另置杯復禮。』張順大喜，就將了兩尾鯉魚，和戴宗、李逵，帶了這個宋老兒，都送宋江離了琵琶亭，來到營裏。五個人都進抄事房裏坐下。宋江先取兩錠小銀二十兩，與了宋老兒。那老兒拜謝了去，不在話下。天色已晚，張順送了魚，宋江取出張横書付與張順，相别去了。戴宗、李逵也自作别趕入城去了。

祇説宋江把一尾魚送與管營，留一尾自吃。宋江因見魚鮮，貪愛爽口，多吃了些，至夜四更，肚裏絞腸刮肚價疼，天明時，一連瀉了二十來遭，昏暈倒了，睡在房中。宋江爲人最好，營裏衆人都來煮粥燒湯，看覷伏侍他。次日，張順因見宋江愛魚吃，又將得好金色大鯉魚兩尾送來，就謝宋江寄書之義。却見宋江破腹瀉倒在床，衆囚徒都在房裏看視。張順見了，要請醫人調治。宋江道：『自貪口腹，吃了些鮮魚，苦無甚深傷，祇壞了肚腹。你祇與我贖一貼止瀉六和湯來吃，便好了。』叫張順把這兩尾魚，一尾送與王管營，一尾送與趙差撥。張順送了魚，就贖了一貼六和湯藥來，與宋江了，自回去。不在話下。營内自有衆人煎藥伏侍。次日，却見戴宗、李逵備了酒肉，徑來抄事房看望宋江。祇見宋江暴病才可，吃不得酒肉，兩個自在房面前吃了。直至日晚，相别去了。亦不在話下。

祇説宋江自在營中將息了五七日，覺得身體没事，病癥已痊，思量要入城中去尋戴宗。又過了一日，不見他一個來。次日早飯罷，辰牌前後，揣了些銀子，鎖上房門，離了營裏，信步出街來，徑走入城，去州衙前左邊，尋問戴院長家。有人説道：『他又無老小，祇止本身，祇在城隍廟間壁觀音庵裏歇。』宋江聽了，尋訪直到那裏，已自鎖了門出去了。却又來尋問黑旋風李逵時，多人説道：『他是個没頭神，又無住處，祇在牢裏安身。没地裏的巡檢，東邊歇兩日，西邊歪幾時，正不知他那裏是住處。』宋江又尋問賣魚牙子張順時，亦有人説道：『他自在城外村裏住。便是賣魚時，也祇在城外江邊。祇除非討賒錢入城來。』

宋江聽罷，又尋出城來，直要問到那裏。獨自一個悶悶不已，信步再出城外來。看見那一派江景非常，觀之不足。正行到一座酒樓前過，仰面看時，旁邊竪着一根望竿，懸挂着一個青布酒旆子，上寫道：『潯陽江正庫』，雕檐外一面牌額，上有蘇東坡大書『潯陽樓』三字。宋江看了，便道：『我在鄆城縣時，祇聽得説江州好座潯陽樓，原來却在這裏。我雖獨自一個在此，不可錯過，何不且上樓自己看玩一遭。』宋江來到樓前看時，祇見門邊朱紅華表柱上，兩面白粉牌，各有五個大字，寫道：『世間無比酒，天下有名樓。』宋江便上樓來，去靠江占一座閣子裏坐了，憑闌舉目看時，端的好座酒樓。但見：

雕檐映日，畫棟飛雲。碧闌干低接軒窗，翠簾幕高懸户牖。吹笙品笛，盡都是公子王孫；執盞擎壺，擺列着歌姬舞女。消磨醉眼，倚青天萬迭雲山；勾惹吟魂，翻瑞雪一江烟水。白蘋渡口，時聞漁父鳴榔；紅蓼灘頭，每見釣翁擊楫。樓畔緑槐啼野鳥，門前翠柳系花驄。

宋江看罷潯陽樓，喝采不已，憑闌坐下。酒保上樓來，唱了個喏，下了簾子，請問道：『官人還是要待客，祇是自消遣？』宋江道：『要待兩位客人，未見來。你且先取一樽好酒，果品肉食，祇顧賣來。魚便不要。』酒保聽了，便下樓去。少時，一托盤把上樓來。一樽藍橋風月美酒，擺下菜蔬時新果品按酒，列幾般肥羊、嫩鷄、釀鵝、精肉，盡使朱紅盤碟。宋江看了，心中暗喜，自誇道：『這般整齊肴饌，濟楚器皿，端的是好個江州。我雖是犯罪遠流到此，却也看了些真山真水。我那裏雖有幾座名山古迹，却無此等景致。』獨自一個，一杯兩盞，倚闌暢飲，不覺沉醉。猛然驀上心來，思想道：『我生在山東，長在鄆城，學吏出身，結識了多少江湖上人，雖留得一個虚名，目今三旬之上，名又不成，功又不就，倒被文了雙頰，配來在這裏。我家鄉中老父和兄弟，如何得相見！』不覺酒涌上來，潸然泪下。臨風觸目，感恨傷懷。忽然做了一首《西江月》詞調，便唤酒保，索借筆硯。起身觀玩，見白粉壁上，多有先人題咏。宋江尋思道：『何不就書于此？倘若他日身榮，再來經過，重睹一番，以記歲月，想今日之苦。』乘其酒興，磨得墨濃，蘸得筆飽，去那白粉壁上，揮毫便寫道：

『自幼曾攻經史，長成亦有權謀。恰如猛虎卧荒丘，潜伏爪牙忍受。不幸刺文雙頰，那堪配在江州。他年若得報冤仇，血染潯陽江口。』

宋江寫罷，自看了，大喜大笑。一面又飲了數杯酒，不覺歡喜，自狂蕩起來，手舞足蹈，又拿起筆來，去那《西江月》後，再寫下四句詩，道是：

『心在山東身在吴，飄蓬江海謾嗟吁。他時若遂凌雲志，敢笑黄巢不丈夫。』

宋江寫罷詩，又去後面大書五字道：『鄆城宋江作』。寫罷，擲筆在桌上，又自歌了一回，再飲過數杯酒，不覺沉醉，力不勝酒。便唤酒保計算了，取些銀子算還，多的都賞了酒保。拂袖下樓來，踉踉蹌蹌，取路回營裏來。開了房門，便倒在床上，一覺直睡到五更。酒醒時，全然不記得昨日在潯陽江樓上題詩一節。當日害酒，自在房裏睡卧，不在話下。

且説這江州對岸，有個去處，唤做無爲軍，却是個野去處。城中有個在閑通判，姓黄，雙名文炳。這人雖讀經書，却是阿諛諂佞之徒，心地匾窄，祇要嫉賢妒能。勝如己者害之，不如己者弄之。專在鄉裏害人。聞知這蔡九知府是當朝蔡太師兒子，每每來浸潤他，時常過江來謁訪知府，指望他引薦出職，再欲做官。也是宋江命運合當受苦，撞了這個對頭。當日這黄文炳在私家閑坐，無可消遣，帶了兩個僕人，買了些時新禮物，自家一隻快船渡過江來，徑去府裏探望蔡九知府。恰恨撞着府裏公宴，不敢進去。却再回船邊來歸去，不期那隻船僕人已纜在潯陽樓下。黃文炳因見天氣暄熱，且去樓上閑玩一回，信步入酒庫裏來，看了一遭。轉到酒樓上，憑欄消遣，觀見壁上題咏甚多，說道：『前人詩詞，也有作得好的，亦有歪談亂道的。』黃文炳看了冷笑。正看到宋江題《西江月》詞并所吟四句詩，大驚道：『這個不是反詩！誰寫在此？』後面却書道『鄆城宋江作』五個大字。黃文炳再讀道：『自幼曾攻經史，長成亦有權謀。』冷笑道：『這人自負不淺。』又讀道：『恰如猛虎卧荒丘，潛伏爪牙忍受。』黃文炳道：『那廝也是個不依本分的人。』又讀：『不幸刺文雙頰，那堪配在江州。』黃文炳道：『也不是個高尚其志的人，看來衹是個配軍。』又讀道：『他年若得報冤仇，血染潯陽江口。』黃文炳道：『這廝報仇兀誰？却要在此間報仇！量你是個配軍，做得甚用！』又讀詩道：『心在山東身在吳，飄蓬江海謾嗟吁。』黃文炳道：『這兩句兀自可恕。』又讀道：『他時若遂凌雲志，敢笑黃巢不丈夫。』黃文炳搖着頭道：『這廝無禮！他却要賽過黃巢，不謀反待怎地！』再看了『鄆城宋江作』，黃文炳道：『我也多曾聞這個名字。那人多管是個小吏。』便叫酒保來問道：『作這兩篇詩詞，端的是何人題下在此？』酒保道：『夜來一個人，獨自吃了一瓶酒，醉後疏狂，寫在這裏。』黃文炳道：『約莫什麼樣人？』酒保道：『面頰上有兩行金印，多管是牢城營内人。生得黑矮肥胖。』黃文炳道：『是了。』就借筆硯，取幅紙來抄了，藏在身邊，分付酒保休要刮去了。

黃文炳下樓，自去船中歇了一夜。次日飯後，僕人挑了盒仗，一徑又到府前。正值知府退堂在衙内，使人入去報復。多樣時，蔡九知府遣人出來，邀請在後堂。蔡九知府却出來與黃文炳叙罷寒温已畢，送了禮物，分賓坐下。黃文炳稟說道：『文炳夜來渡江，到府拜望。聞知公宴，不敢擅入。今日重復拜見恩相。』蔡九知府道：『通判乃是心腹之交，徑入來同坐何妨。下官有失迎迓。』左右執事人獻茶。茶罷，黃文炳道：『相公在上，不敢拜問，不知近日尊府太師恩相曾使人來否？』知府道：『前日才有書來。』黃文炳道：『不敢動問，京師近日有何新聞？』知府道：『家尊寫來書上分付道：近日太史院司天監奏道，夜觀天象，罡星照臨吳楚分野之地。敢有作耗之人，隨即體察剿除。囑付下官，緊守地方。更兼街市小兒謠言四句道：「耗國因家木，刀兵點水工。縱横三十六，播亂在山東。」因此特寫封家書來，教下官提備。』黃文炳尋思了半晌，笑道：『恩相，事非偶然也。』黃文炳袖中取出所抄之詩，呈與知府道：『不想却在于此處。』蔡九知府看了道：『這個却正是反詩，通判那裏得來？』黃文炳道：『小生夜來不敢進府，回至江邊，無可消遣，却去潯陽樓上避熱閑玩，觀看前人吟咏。衹見白粉壁上新題下這篇。』知府道：『却是何等樣人寫下？』

黃文炳回道：『相公，上面明題着姓名，道是「鄆城宋江作」。』知府道：『這宋江却是什麼人？』黃文炳道：『他分明寫，自道「不幸刺文雙頰，衹今配在江州」，眼見得衹是個配軍，牢城營犯罪的囚徒。』知府道：『量這個配軍，做得什麼！』黃文炳道：『相公不可小覷了他！恰才相公所言，尊府恩相家書說小兒謠言，正應在本人身上。』知府道：『何以見得？』黃文炳道：『「耗國因家木」，耗散國家錢糧的人，必是家頭着個木字，明明是個宋字。第二句「刀兵點水工」，興起刀兵之人，水邊着個工字，明是個江字。這個人姓宋名江，又作下反詩，明是天數。萬民有福。』知府又問道：『何謂「縱横三十六，播亂在山東」？』黃文炳答道：『或是六六之年，或是六六之數，「播亂在山東」，今鄆城縣正是山東地方。這四句謠言已都應了。』知府又道：『不知此間有這個人麼？』黃文炳回道：『小生夜來問那酒保時，說道這人衹是前日寫下了去。這個不難，衹取牢城營文册一查，便見有無。』知府道：『通判高見極明。』便唤從人叫庫子取過牢城營裏文册簿來看。當時從人于庫内取至文册，蔡九知府親自檢看，見後面果有于今五月間新配到囚徒一名，鄆城縣宋江。黃文炳看了道：『正是應謠言的人，非同小可。如是遲緩，誠恐走透了消息。可急差人捕獲，下在牢裏，却再商議。』知府道：『言之極當。』隨即升廳，叫唤兩院押牢節級過來。廳下戴宗聲喏。知府道：『你與我帶了做公的人，快下牢城營裏捉拿潯陽樓吟反詩的犯人鄆城縣宋江來，不可時刻違誤！』

戴宗聽罷，吃了一驚，心裏衹叫得苦。隨即出府來，點了衆節級牢子，都叫：『各去家裏取了各人器械，來我間壁城隍廟裏取齊。』戴宗分付了衆人，各自歸家去。戴宗即自作起神行法，先來到牢城營裏，徑入抄事房，推開門看時，宋江正在房裏。見是戴宗入來，慌忙迎接，便道：『我前日入城來，那裏不尋遍。因賢弟不在，獨自無聊，自去潯陽樓上飲了一瓶酒。這兩日迷迷不好，正在這裏害酒。』戴宗道：『哥哥，你前日却寫下甚言語在樓上？』宋江道：『醉後狂言，忘記了，誰人記得！』戴宗道：『却才知府喚我當廳發落，叫多帶從人，拿捉潯陽樓上題反詩的犯人鄆城縣宋江正身赴官。兄弟吃了一驚，先去穩住衆做公的，在城隍廟等候。如今我特來先報知哥哥，却是怎地好！如何解救？』宋江聽罷，撓頭不知癢處，衹叫得苦，『我今番必是死也！』戴宗道：『我教仁兄一着解手，未知如何？如今小弟不敢耽擱，回去便和人來捉你。你可披亂了頭髮，把尿屎潑在地上，就倒在裏面，詐作瘋魔。我和衆人來時，你便口裏胡言亂語，衹做失心風便好。我自去替你回復知府。』宋江道：『感謝賢弟指教，萬望維持則個。』

戴宗慌忙別了宋江，回到城裏，徑來城隍廟，喚了衆人做公的，一直奔入牢城營裏來。徑喝問了：『那個是新配來的宋江？』牌頭引衆人到抄事房裏，衹見宋江披散頭髮，倒在尿屎坑裏滾。見了戴宗和做公的人來，便說道：『你們是什麼鳥人？』戴宗假意大喝一聲：『捉拿這廝！』宋江白着眼，却亂打將來，口裏亂道：『我是玉皇大帝的女婿，丈人教我領十萬天兵，來殺你江州人。閻羅大王做先鋒，五道將軍做合後。與我一顆金印，重八百餘斤。殺你這般鳥人！』衆做公的道：『原來是個失心風的漢子，我們拿他去何用？』戴宗道：『說得是。我們且去回話，要拿時再來。』衆人跟了戴宗，回到州衙裏。蔡九知府在廳上專等回報。戴宗和衆做公的在廳下回復知府道：『原來這宋江是個失心風的人，尿屎穢污全不顧，口裏胡言亂語，全無正性。渾身臭糞不可當，因此不敢拿來。』

蔡九知府正待要問緣故時，黃文炳早在屏風背後轉將出來，對知府道：『休信這話！本人作的詩詞，寫的筆迹，不是有風癥的人，其中有詐。好歹衹顧拿來，便走不動，扛也扛將來。』蔡九知府道：『通判說得是。』便發落戴宗：『你們不揀恁地，衹與我拿得來，在此專等！』戴宗領了鈞旨，衹叫得苦。再將帶了衆人，下牢城營裏來，對宋江道：『仁兄，事不諧矣！兄長衹得去走一遭。』便把一個大竹籮，扛了宋江，直抬到江州府裏，當廳歇下。知府道：『拿過這廝來！』衆做公的把宋江押于階下。宋江那裏肯跪，睁着眼，見了蔡九知府道：『你是什麼鳥人，敢來問我！我是玉皇大帝的女婿，丈人教我引十萬天兵，來殺你江州人。閻羅大王做先鋒，五道將軍做合後。有一顆金印，重八百餘斤。你也快躲了我。不時，教你們都死。』蔡九知府看了，没做理會處。黃文炳又對知府道：『且喚本營差撥并牌頭來問，這人來時有瘋，近日却才瘋？若是來時瘋，便是真癥候；若是近日才風，必是詐風。』知府道：『言之極當。』便差人喚到管營、差撥，問他兩個時，那裏敢隱瞞。衹得直說道：『這人來時不見有風病。敢衹是近日舉發此癥。』知府聽了大怒，喚過牢子獄卒，把宋江捆翻，一連打上五十下，打得宋江一佛出世，二佛涅槃，皮開肉綻，鮮血淋漓。戴宗看了，衹叫得苦，又没做道理救他處。宋江初時也胡言亂語，次後吃拷打不過，衹得招道：『自不合一時酒後，誤寫反詩，別無主意。』蔡九知府明取了招狀，將一面二十五斤死囚枷枷了，推放大牢裏收禁。宋江吃打得兩腿走不動。當廳釘了，直押赴死囚牢裏來。却得戴宗一力維持，分付了衆小牢子，都教好覷此人。戴宗自安排飯食，供給宋江，不在話下。

再說蔡九知府退廳，邀請黃文炳到後堂，稱謝道：『若非通判高明遠見，下官險些兒被這廝瞞過了。』黃文炳又道：『相公在上，此事也不可宜遲。衹好急急修一封書，便差人星夜上京師，報與尊府恩相知道，顯得相公幹了這件國家大事。就一發稟道，若要活的，便着一輛陷車解上京；如不要活的，恐防路途走失，就于本處斬首號令，以除大害，萬民稱快。便是今上得知，必喜。』蔡九知府道：『通判所言有理，見得極明。下官即目也要使人回家送禮物去，書上就薦通判之功，使家尊面奏天子，早早升授富貴城池，去享榮華。』黃文炳拜謝道：『小生終身皆